JN064969

雨を、読む。

佐々木まなび

芸術新聞社

雨を、読む。

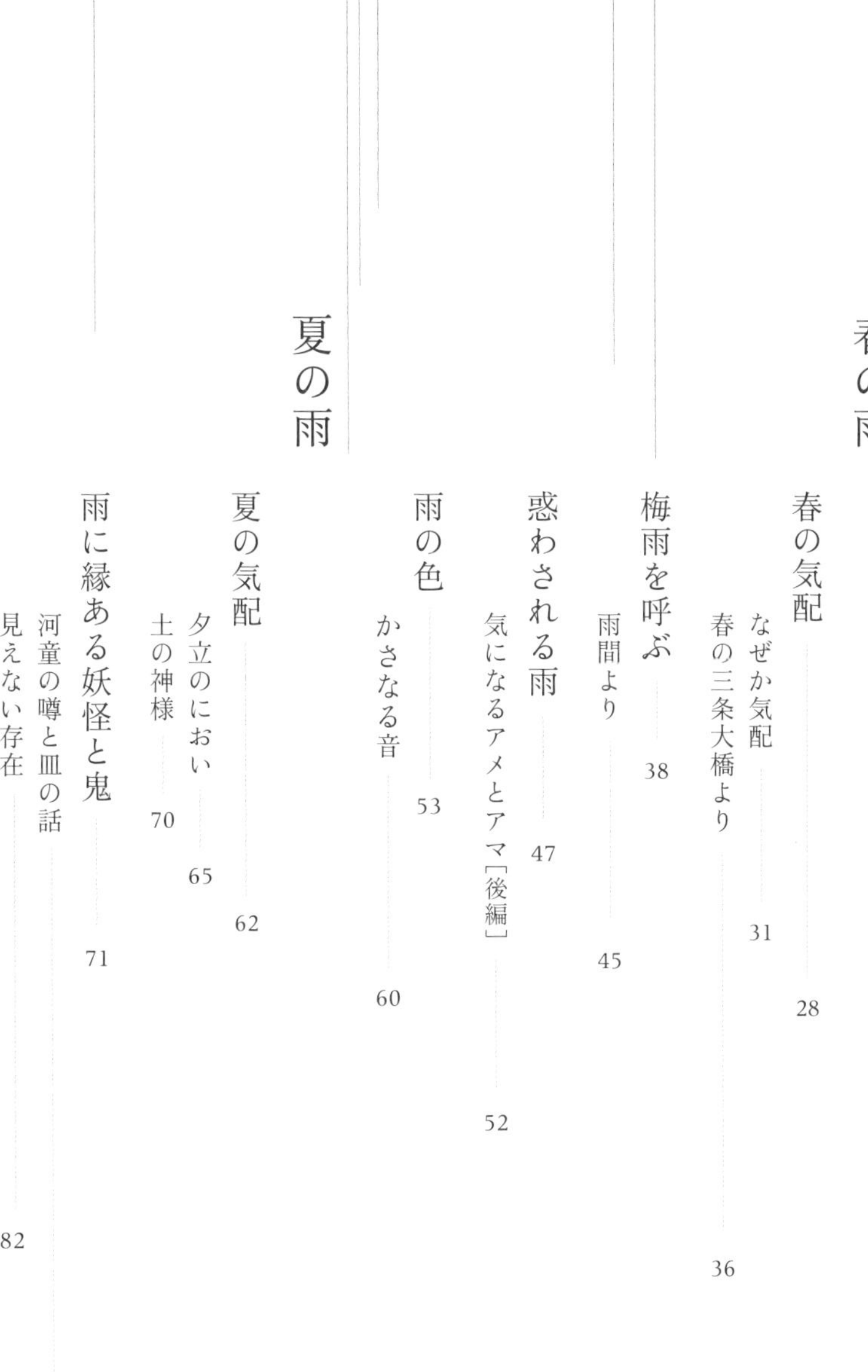

春の雨

夏の雨

秋の雨

冬の雨

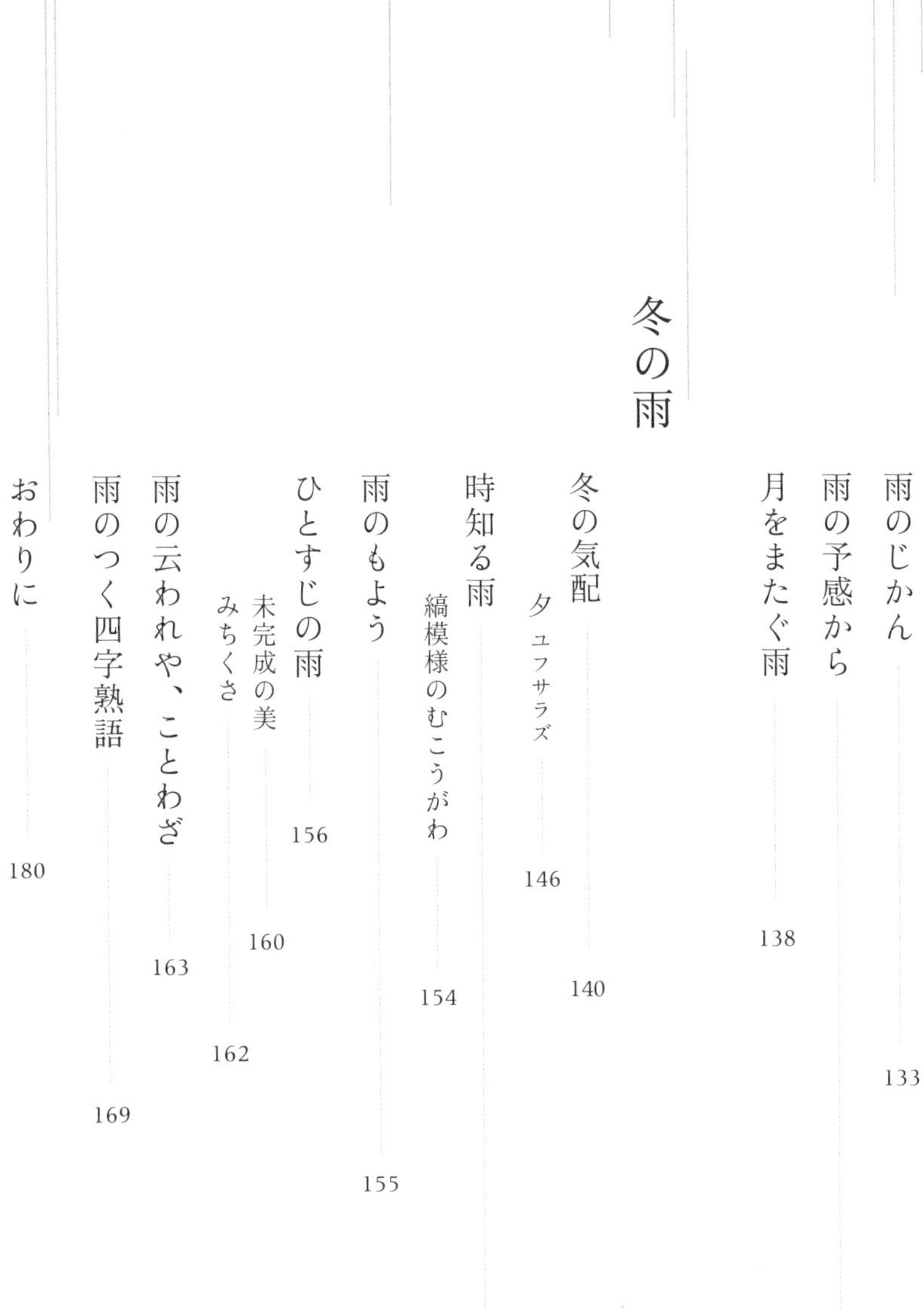

雨女からの雨のはなし

雨に、出逢ってしまった——。

そういってしまうとよくないイメージが頭に浮かぶが

私はなぜか、雨とのご縁があるように思えてならない。

こうやって、自惚れてはいるが

きっと〝雨女〟と呼ばれる人は、私だけではないはず。

日本に生まれた以上、雨に出逢う確率は当たり前に高い。

なにより、

雨の音、雨の匂い、雨の気配、雨の言葉、雨の物語……。

キリがないほど、日本人の意識は雨に向けられ

そして、伝えられてきたように思う。

私はそんな日本の雨が大好きだ。

今回こうして、雨にご縁もいただいた。
多くの「雨」について調べていくうちに
忘れかけていた遠い記憶が
自然によみがえってきたことにも驚く。
それが一つ一つ繋がっていくのは楽しい作業だった。
あらゆるデータは蓄積され、解析されるこの時代に
私の選ぶ言葉は、神様の話や小さい頃からの不思議、
おばあちゃんから聞いた怖い話でいっぱいとなった。
二十一世紀を迎えても、この「感覚」という不思議なものや
「五感、そして六感」は変わらず存在していて、
季節の近づく気配も深く暗い闇も、それらが憶えてくれている。
さらに歳を重ねて、たくさんの記憶が薄れても
この感覚は退化しないように、大切にしたいと改めて思った。

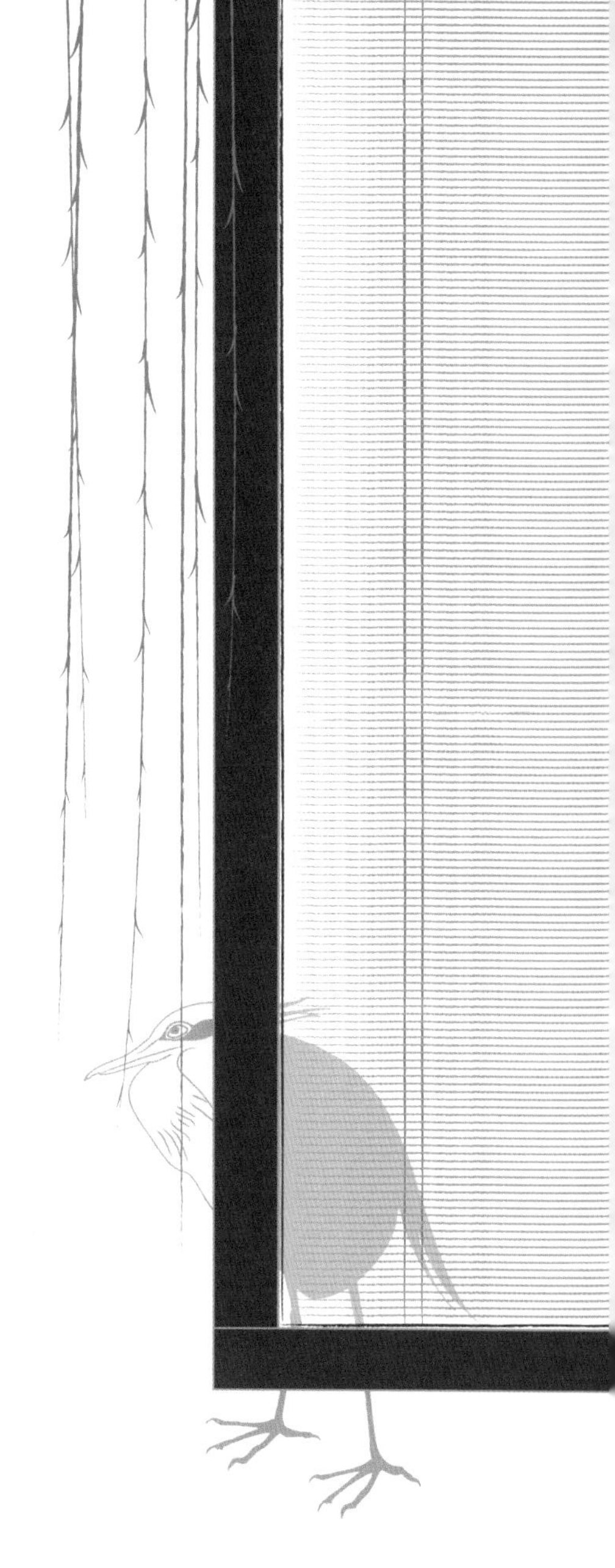

直接的なことを美しく思わない国のひと。
遠回しな物言いは、今では京都の代名詞ともなっているが
御簾ごしにモノゴトを見たりすることも
雨ごしに景色を楽しむことも
発見したのはやはり、この国の祖先だったのでしょう。

ニッポンの雨

美意識の雨

雪消しの雨　ゆきけしのあめ

春一番が吹く頃に降る雨。雪を解かして春が訪れたことを告げる。草花の芽吹きを促す雨といわれている。

風花　かざはな・かざばな

晴れているときに雪片が風に舞うようにちらちらと降ること。遠い空で降る雪や、山などに降り積もった雪が風によって飛ばされ、小雪がちらつく現象。

雨の糸　あめのいと

細い筋を引いたように降る細い雨を、糸に見立てた言葉。

降りみ降らずみ　ふりみふらずみ

降ったり止んだりする雨のこと。このように定まることのない降り方を代表して時雨と呼ばれているが、冬の季節がはじまったことを表現するときなど、とくに俳句などで使われている。古語として存在するが、美しい言葉だと思う。

雨夜の月　あまよのつき

雨雲に隠れている月を想像すること。現実には存在するが、目には見えないもののたとえ。めったに見られないことのたとえにも使われる。「雨夜の星」と同意。

月時雨　つきしぐれ

月が出ている夜、月明かりの中を通り過ぎていく時雨のこと。

雨朝　うちょう

朝の雨。朝に降り出す雨。

空知らぬ雨　そらしらぬあめ

涙のことをたとえた言葉。「空の知らない雨」という意味から、あまり人に見られたくない涙なのかと想像させる、奥ゆかしい涙の表現。

雨垂れ　あまだれ

家の軒や木の枝葉から雨滴がしたたり落ちること。また、その雫。「雨滴り」「雨注ぎ」「雨垂（あまたり）」ともいう。

―雨垂れが落ちるところ
　雨打・雨落・雨垂れ落ち

―雨垂れの音
　雨滴音（うてきおん）・雨滴声（うてきせい）

―雨垂れの様子
　玉水・軒の糸水・軒の玉水

雨滴り　あましだり・あましただり

軒先などからしたたり落ちる雨水のこと。「雨垂れ」と同意。

雨どいのない景色

昔のままの姿を残す茶室では
雨どいをほとんど見かけない。
雨どいのない窓から、
雨の降る庭を眺めるとき
景色が、白い縞模様に
なっていることに気づく。

昔の人は、
雨さえも芸術として捉え、
その景色を楽しんだ。
雨の向こうに見える庭は
その時節の雨の降り方に委ねられ
同じ景色は一つとしてないのだ。
心の持ちようが違うのか
そのようなことを意識しながら
雨の日を歩くと
いつもと違う雨を楽しめる。
気づくことも、たくさんある。
旅先や催事、茶事……
出かけるときの
記憶とともにある景色は
いつも雨が降っていた。

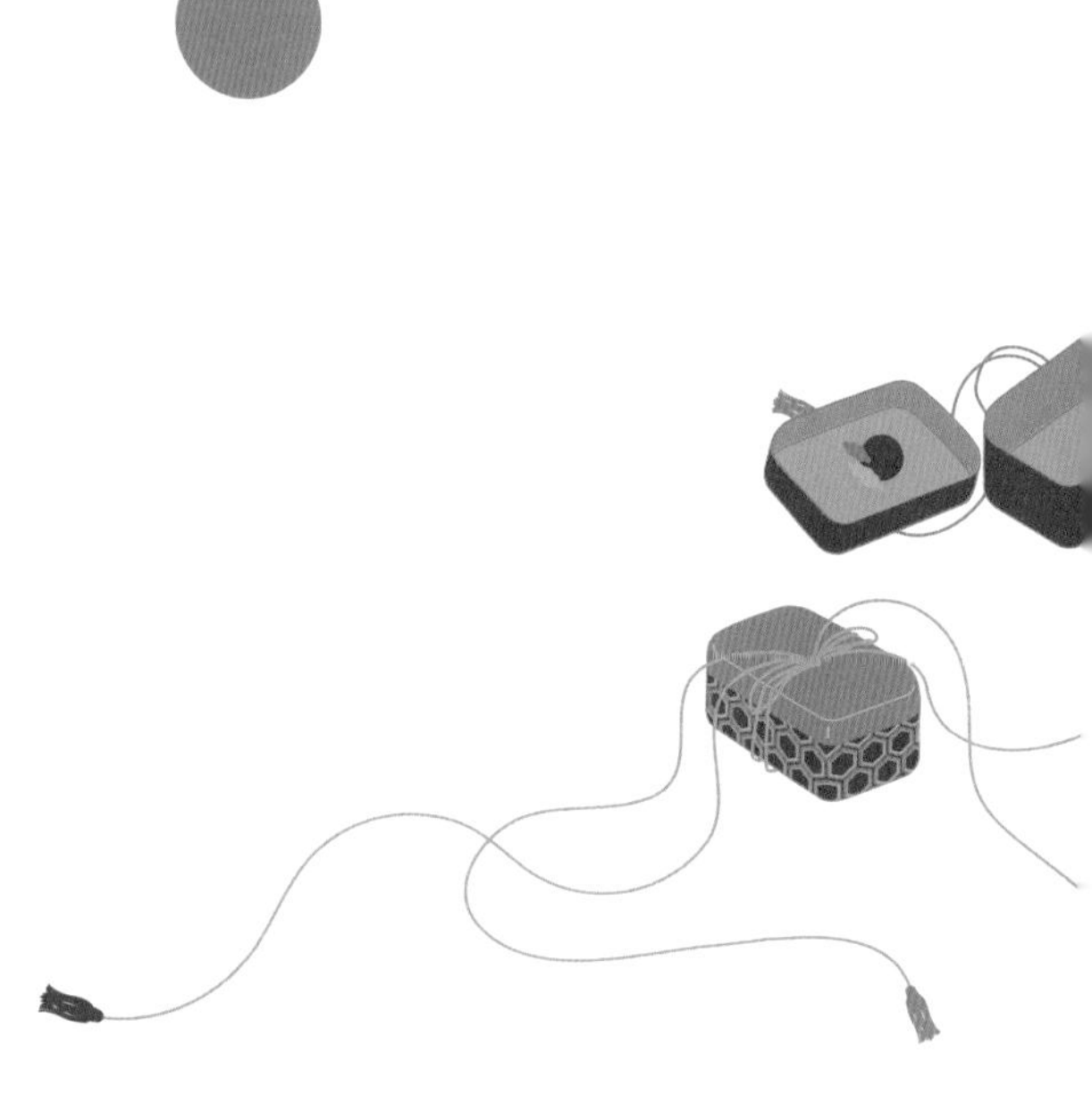

神様にたとえられた雨

あたりまえに「雨」と呼んではいるけれど
そもそもなぜ「アメ」なんだろう。
昔からある言葉を拾っていくと、見えてくるものがある。
「天」から「アマ」へ。
やはり、神様がおられるのだ。

神様にたとえられた雨

雨祇（うぎ）

雨の神。「祇」は、地の神のこと。雨は天から降ってくるから、雨の神は天にいるのだろうと思うところ。でも大地を潤すために雨を司る神と考えると、地の神様ということになるのだろう。

社翁の雨（しゃおうのあめ）

「社翁」は土地の神さまのこと。春の社日*に神さまが降らせるという雨。「社翁雨」「社日の雨」とも呼ぶ。

雨師（うし）

雨の神。「神祇（じんぎ）」ともいうが、「神」は天の神、「祇」は地の神をいう。「雨祇（うぎ）」と同意。

伊勢清めの雨（いせきよめのあめ）

陰暦九月十八日に降る雨のこと。前日には、天皇がその年の新穀でつくった御饌（みけ）と神酒（みき）を伊勢神宮に奉る宮中の行事のひとつである、神嘗祭（かんなめさい）が行われる。現在は、十月十七日に行われているが、その祀りの終わった翌日に降る雨のこと。祀りごとの終わりを清めるための雨なのだろう。

*社日（しゃじつ）

土の神を祀って春は生育を祈り、秋は収穫を感謝すること。生まれた土地の神様「産土神」を祀る日。春と秋の二回行われ、春のものを「春社」、秋のものを「秋社」という。春分の三月二十日頃と秋分の九月二十三日頃、其々に最も近い戊の日を指す。

薬降る　くすりふる

陰暦五月五日の午の刻（正午）に降る雨のこと。この日は山野に出て薬草を採る風習があり、これにちなんで薬日といい、この雨のことを「薬降る」といった。この雨が降ると翌年は豊作であると伝えられている。この時、竹の節に溜まった降雨を「神水」*と呼ぶ。この「薬降る」という言葉はなんともありがたく魅力的で、天に向かって両手を広げるしぐさを思い浮かべる人が多く、その様子や気持ちを詠んだ歌が多く残る。

*神水（しんすい）

この「神水」を飲めば万病に効き、その水にて丸薬を作れば、あらたかな薬効があるといわれている。

祈雨　きう

雨乞いのこと。この時読まれる経を「祈雨経*」という。雨が降らないと、作物の実りは約束されない。しかし収穫時期の降りすぎる長雨も作物に被害を及ぼす。この時は逆に「祈晴」を行う。祈るしかないのだ。思い通りにならないのが、自然。畏敬の念を忘れてはならない。

請雨　せいう・しょうう

雨乞いのこと。密教に旱魃(かんばつ)のときに降雨を祈祷する請雨法という修法が伝わっている。

御降り　おさがり・おんふり

元旦に降る雨、雪。「御下」とも書く。また三が日に降る雨や雪のこともこう呼ぶ。農家では元旦に雨が降るとその年は豊作だという。「御降り」という呼び方に、自然に対する敬意を感じる。また、祭礼の視点からは、同じ漢字で「おくだり」と呼び、御輿(みこし)が御旅所(おたびしょ)へ渡御すること、神霊が神座にくだることを意味する。逆らうことの出来ない神様と、自然とのつながりを感じる。「富下り」「富止月」と同意。

*祈雨経(きうきょう)

雨乞の際に読まれる経。また、災害を止めるための「請雨経法(しょううきょうほう)」というものもある。これは洪水のときの止雨、天変地異を防ぐための護国修法といわれており、弘法大師が一二四〇年（呼応二年）京都の神泉苑で行われたものが有名。奈良国立博物館にそれを描いた図の写しが所蔵されている。

龍神さま

龍神さまが
日本の至るところに
お祀りされているのを、
ご存知だろうか。
作物を豊かにする
「恵みの雨」がもたらすのは
龍神さまのおかげだと信じ、
水を司る神様を我が物にしようと、
人々はたびたび
争いごとを起こしてきた。
それを鎮めるのも、
また応援するのも、
神様になってしまったのは
いつからなのだろう。
神様も忙しい。

池の中にある祠をはじめ、
水に囲まれた神社には必ずといっていいほど、
弁天さまが祀られている。
そしてその横には、
弁天さまのお遣いともいわれる、
龍神さまがおられるのだ。
私のまわりには
「小さい頃、龍を見た！」という人が何人かいる。
亡き母もそういっていた。
その姿は、色も大きさも様々。
残念ながら私は出会ったことがないのだが、
その人たちが嘘をついているようには
とても思えなかった。
不思議だったのは、
話をする彼らはみな、
とても豊かな表情をしていたことだ。

八大竜王

はちだいりゅうおう

天竜八部に所属する竜族の八王のこと。日本では、仏教が伝わる以前から龍は信仰されており、多くの地域で様々に形を変え、伝えられている。八大竜王は、観音菩薩の守護神であり、観音様の宝珠を身に宿して人々に福をもたらし願いを叶えてくれるという。

分龍雨

ぶんりょうのあめ・ぶんりょうう

陰暦五月に降る急な大雨。龍の喧嘩のように雨脚の方向が変わる激しい大雨。龍の身体を分けるほど激しく降る雨ともいう。

竜潤

りょうじゅん

雨の呼び名のひとつ。竜のモデルは揚子江鰐(ようすこうわに)であるといわれている。揚子江鰐は雨が降る前に雷のような声で鳴くことから、雨を呼ぶ竜の伝説の元になった。今でも揚子江鰐が鳴くと雨が降るといわれている。竜が鳴いて雨が降るとあらゆるものが潤うという意味から、この名がついているのだろうか。

気になる八大竜王さま

一、難陀（ナンダ）訳――歓喜。
跋難陀の兄。娑伽羅竜王と戦ったことがある。

二、跋難陀（バツナンダ）訳――亜歓喜。
難陀の弟。難陀竜王とマガダ国を飢饉から保護した。

三、娑伽羅（シャカラ）訳――大海。
龍宮の王、この竜王の第三王女が「善如龍王」

四、和修吉（ワシュキツ）訳――宝有、宝称。
九頭龍大神、須弥山を守り細竜を食べていた。

五、徳叉迦（トクシャカ）訳――多舌、視毒。
この龍が怒り凝視した時、その人間は息絶える。

六、阿那婆達多（アナバダッタ）訳――清涼、無熱悩。
阿耨達（アノクダツ）竜王。菩薩の化身として尊崇された。

七、摩那斯（マナシ）訳――大身、大力。
阿修羅が海水で喜見城を侵したとき、身を踊らせ海水を押し戻した。

八、優鉢羅（ウハツラ）訳――青蓮華、黛色蓮華池。
青蓮華竜王、青蓮華の生える池に住む。

天の水

天津水　あまつみず

古語で、雨の異名。「天津」は、「天の」「天にある」の意味を持つ。天にある水なので、天からもたらされる水となり、雨のこととなる。

天水　てんすい・あまつみず

天から降ってくる雨。「雨水(うすい)」とも。「天水」と「雨水」はほぼ同意語だが、「天水」には貯水や防火用水に使う雨水を溜めておく「天水桶」のイメージがある。今でも寺社仏閣で見られるが、天水桶が神様に近い感じがするのは私だけか。

天の水　あめのみず

古語でいう雨のこと。

雨たもれ　あめたもれ

京都の貴船神社で行われる雨乞いの儀。宮司が五穀豊穣を願う祝詞をあげ、神職たちが太鼓や鐘鈴を鳴らしながら「雨たもれ 雨たもれ 雲にかかれ 鳴神じゃ」と唱え、ご神水と神饌を桶の中に入れ、榊の葉を浸し、天地に散水して祈念される。「あめたもれ」の言葉は滋賀や東北にも聞かれるが、なんとも魅力的な響きだ。

気になるアメとアマ

前編

説文解字（せつもんかいじ）*

一九〇〇年前の文献。諸説あるが、漢字の成り立ちを、初めて体系的に研究した辞書。「雨」とは「水の雲より下るなり。『一』は天に象り、『冂』は雲に象る」とある。遥かなる天から降り落ちてくる水滴。漢字を創った人々は、その壮大なイメージを『雨』の一文字に込めたのだ。

『雨の漢字の物語』芸術新聞社より

気になる……。
「天」や「雨」を
「アマ」と読んだり、「アメ」と読んだり。
どちらが正しいのか、古いのか。
古事記に出てくる「天」には
「アメ」と「アマ」のどちらもあてられている。
「手の届かない遥か上空」のことを「天（アメ）」。
その天から落ちてくる水が「アメノミズ」。
高天原におられる神様の名前は、
「天之御中主神（アマノミナカヌシノカミ）」と呼ばれていた。
〝大和言葉〟には「コトバ」としての使い分けはあるが、
漢字自体を使い分ける概念がなかったのだ。
のちに「雨」という象りから創られた漢字になったのだという。
「雨」という漢字は、説文解字*によると、雲から水が落ちてくるという意味で、
「一」の部分は天を、「冂」は雲を象ったものだとされている。
しかし、これでたくさんの言葉を生み出した「アメとアマ」
神様の名前や、命の物語は、解決したのだろうか……。

春の雨

春の雨と聞くとやさしい気配がする。
と同時に、春の嵐や吹雪の言葉があることに気づく。
あたたかなイメージへの「望み」から
生まれた言葉なのだろうか。

春の気配

桜雨　さくらあめ

桜の花が咲く頃に降る雨。よく耳にする「花冷え」もこの頃の言葉で、冬に戻ったように冷え込むこと。風雨に見舞われることも多く、その風情は日本画や壁画の中の「春」に見られることがある。

桜ながし　さくらながし

桜の季節に降る、花を散らしてしまう雨のこと。鹿児島県地方の言葉。

春驟雨　はるしゅうう

烈しく降るにわか雨のこと。「驟雨」は夏の季語だが、晩春で夏が似合わない場合は「春」がつく。「春夕立」と同意。

春雨　しゅんう・はるさめ

春にシトシトと降る細かい雨。降り方は優しく、雨脚が細かく、煽るように降る。昔の人々は「雨」を見ながら、暖かな季節が来るのを待っていたのだろう。歌にも詠まれることの多い言葉。

春霖　しゅんりん

こまかく霧のように降り続く三、四月ごろの長雨。春霖（しゅんりん）雨ともいう。春の雨は長雨になることが多い。三日以上を「霖（ながあめ）」、十日以上を「霪（ながあめ）」どちらも「ながあめ」と読む。また、「霖雨」は、恩恵を意味する言葉。秋に降る長雨は「秋霖」という。

春霙　はるみぞれ

春に降る霙のこと。春先の天気は不安定なため、寒暖が烈しく、降っていた雨が急に霙に変わったり、牡丹雪が途中で霙に変わることなどからこの名がついた。

春夕立　はるゆうだち

春の夕立。夏の夕立のように烈しくはなく、少しおとなしい感じに思える。雷を伴うこともあり、これを「春雷」ともいう。春は天気も人の心も移ろいやすい。「春驟雨」と同意。

華雨　かう

春の花が咲いている頃に降る雨のこと。梅や杏の花の咲く頃のことで、桜の花に降り注ぐ「桜雨」と同意だが、中国由来の「華雨」は、桃の花のことを指すのかもしれない。

花雨　かう

雨のように降る花、散る花のこと。また、その花自身のことを指す。とくに天上から降る花をいい、神仏の加護のしるしともいわれる。やはり、人の想像力は天に向かうのだろうか。

なぜか気配

春が近づくと、遠くに見える山が
少し桜色に染まってくるように見える。
桜のつぼみは夏につく、と聞いた。
そう思うと、とうに花の気配がしてもおかしくないのだ。
そしてその頃、しなやかに柔らかに、
緑色の若葉が見え隠れする鴨川の柳たち。
京都ではこの頃になると、華やかな五花街の飾りつけが徐々にはじまる。
そんな中、満開の桜の横で寂しそうにしている柳の木。
その風貌を見て「雨の気配」を感じるのは私だけだろうか。
柳は枝がよく動くということから、陰陽でいう「陽」の気を持つ。
昔話なら、幽霊に柳はつきものだが、それは柳の陽を相殺するためとか。
「柳派」の私はちょっと嬉しい。
一方、桜は「陰」。花見でにぎやかにバランスをとる。
「柳櫻（りゅうおう）」といって、「陰陽のバランス」が偏らないよう、
桜と柳は交互に植えられていることが多い。

雨水（うすい）*

二十四節気のひとつ、二月十八日から三月四日頃。降る雪が雨へと変わり、雪解けが始まる頃のこと。山に積もった雪もゆっくりと解け出し、田畑を潤すため、先人たちは、農耕を始める時期の目安としたのだという。

花の雨　はなのあめ

桜の咲く頃に降る雨。また桜の花そのものに降りかかる雨のこと。華やかなイメージの春だが、意外と雨の多い季節だとわかる。「桜雨」と同意。

花時の雨　はなどきのあめ

咲き満ちる、桜の花に降りかかる無情の雨のこと。「花に嵐」のたとえどおり、この時季は強い季節風にあおられ、激しい雨風が花を打つことが多い。もちろん花に限らず、人もこの嵐に出会うことが多い。

催花雨　さいかう

春の花の開花をうながすようにシトシトと降り続く春の雨。「菜花雨」ともいう。また「雨水*」の頃から降る雨のこと。

育花雨　いくかう

花の育成を促す春の雨。「催花雨」と同意。

菜種梅雨　なたねづゆ

菜の花が咲く頃にシトシトと降り続く暖かい雨。

雪解雨　ゆきげあめ

雪を解かす春先の雨のこと。春の訪れを告げる嬉しい雨。二十四節気の「雨水」の頃に降る雨。「雪消しの雨」ともいう。

寒明の雨　かんあけのあめ

寒が明けた立春(二月四日頃)に降る雨のこと。「寒明」は春の季語。厳しい冬との決別の意。

彼岸時化　ひがんじけ

春の彼岸に降る長雨のこと。ここから菜種梅雨に入ってしまうこともある。「時化」とは海が荒れることをいうが、ここでは少し荒れ模様の天候のこと。

洗街雨　せんがいう

陰暦二月八日に降る雨。この日は祠山張大帝*の誕生日。この前後には「客を招く風」が吹き、「客を送る雨」が降ると中国では言い伝えられている。「招くのは風」で、「送るのは雨」。伊勢神宮などにお詣りすると、神様がおいでになったときに「風が吹く」といわれることに繋がるのだろうか。神様が天にお戻りになるときはきっと「雨が降る」のだろう。想像すると神様が身近に思える。

*祠山張大帝(しざんちょうたいてい)

鎌倉の建長寺、寿福寺(じゅふくじ)、京都の建仁寺、東福寺、泉涌寺(せんにゅうじ)など、鎌倉室町期に中国とさかんに交流のあった寺院に伽藍神として祀られている。寺院では、招宝七郎と並んで祀られることが多く、南宋期には、中国を代表する神であったとされるが、後に信仰は衰え、現在は少数の廟でのみ祭祀が見られる。

雨一番　あめいちばん

北海道で立春のあと、初めて雪が混ざらずに雨だけが降る日のこと。釧路気象台の初代広報室長だった平塚和夫氏による造語。雪の世界からようやく降る雨を見たときの寒い地方の気持ちが伝わってくる。東日本と西日本での春を告げる「春一番」にも通じる。

卯の花腐し*　うのはなくだし・うのはなくたし

白く美しく咲く卯の花を、腐らせるほどに長く降り続く霧雨のこと。「卯の花降」「卯の花下」ともいう。花の盛りは、走り梅雨の頃とされ、初夏の季語となっている。

卯の花*

「卯の花」の呼び名。実は「空木の花」のこと。幹の中が空洞なことからこの名がついたと思われるが、咲くと雪のように見えることから「雪見草」の名も持つ。「卯の花」と呼ばれるのは、この花の季節、陰暦の四月の異称の「卯月」からきているという。また、この頃海に立つ波のことを「卯波」「卯月波」という。

草の雨　くさのあめ

山野に萌えでた草たちに降りそそぐ雨のこと。この頃の野歩きを「踏青(とうせい)」という。文字どおり春の青草を踏む散歩。

沃雨　よくう

農作物や草木を潤す、育成のために必要な雨のこと。

春の三条大橋より

京都の春の映像が映し出され、
名所の桜たちは、華やかに紹介される。
鴨川沿いの大木の桜たちは、
道ゆく人の楽しみとなる。
三条大橋の若いしだれ桜は
可愛いと評判だ。

そんな桜の季節、
早朝の三条大橋のたもとには「別の顔」がある。
優雅に歩道を行き交う黒い個体。
満開のしだれ桜に、誇らしげに幾羽もの烏が乗っている。
とまっているというより、乗っているのだ。
しだれ桜が自分のものであるかのように。
まだ若い、背も力も足りないしだれ桜は、黙って乗せている。
ゾクっとする。
単に「桜が美しい」のではなく「妖艶」なのだ。
思わず見入ってしまった——。
この姿を見つけてからは、
徹夜明けや朝の茶会に向かうタクシー車中での楽しみとなった。
乗り出して、鴨川を見る私に運転手さんは
「桜が綺麗ですねぇ」と、決まった台詞をつぶやく。
知らないだろう、あなたは。天の邪鬼な私は
「そうですねぇ。ほんまに綺麗やわ」とだけ、微笑むのだった。

梅雨を呼ぶ

梅雨しとど　つゆしとど

梅雨の雨がしたたかに降る様子。「しとど」とは、甚だしく濡れるさまのことをいい、降り続く雨が、人や着衣、物までも、びっしょり濡らしていることの表現。

梅雨の蝶　つゆのちょう

梅雨の晴れ間に飛ぶ蝶。この頃に飛ぶ蝶は、夏の蝶になるが、低く飛ぶ蝶や、群がる白い蝶がみられることから、俳句の中でその趣をたとえられることも多い。

梅雨闇　つゆやみ

梅雨の時期、厚い雲に覆われた暗さをいう。昼でも暗く、夜は月も出ず、深い闇となる。

短夜の雨　みじかよのあめ

梅雨どきに降る雨のこと。梅雨の最中にある夏至の頃は、一年で最も昼が長く、夜は短い。小説のタイトルのようで美しい響きだ。

梅雨葵　つゆあおい

タチアオイの別名。梅雨入りの頃に咲き始め、梅雨明けの頃に花期が終わることから。

ザクロ*

「石榴」「柘榴」と書く。ザクロの木の花言葉は「互いに思う」、花の花言葉は「成熟した美しさ」、実の花言葉は「結合」。ザクロの実を食べると人の肉の味がする。と、誰かがいった。小さい頃にザクロの実がなっている姿を見るのが恐かったのを憶えている。暗い記憶は梅雨の時期だったからなのかもしれない。

梅雨花　つゆばな

ザクロ*の別名。中国では陰暦五月を榴月（りゅうげつ）と呼んでいた。榴はザクロのこと。花言葉が「木、花、実」にそれぞれあるのも面白い。

梅雨籠　つゆごもり

梅雨の時期、雨のために外出できず、家の中に籠ること。類義語に「冬籠」「雪籠」があるが、毎日降り続く雨を楽しく過ごしたいとも思う。

走り梅雨　はしりづゆ

「走り」は「先駆け」という意味があり、梅雨入りするには少し早い五月中旬から六月上旬にかけて、本来の梅雨に先駆けて梅雨を思わせるような天気が続くこと。一旦晴れた日が続いてから本格的な梅雨に入るため、この呼び名がついた。その年によっては、走り梅雨が長引き、そのまま梅雨入りすることもある。

＊入梅

暦の上での入梅は、太陽の黄経が八十度になる六月十一日頃をいい、夏至（黄経九十度）の十日ほど前である。またこの現象は、中国長江流域、朝鮮半島南部、日本のみとされている。『日本大歳時記』では「実際の入梅はその年々によって差異がある。……絹糸のような、細ぼそとした雨が降り、しばらくすると薄日が射す。そんな日を重ねて、いつか本格の梅雨模様となる」（飯田龍太）

青梅雨　あおつゆ

木々の青葉をより鮮やかに、色を濃くして降る雨のこと。「青」の言葉には「若いという意味での青い」も含まれている。

梅雨寒　つゆさむ・つゆざむ

梅雨どきに気温が低くなり、肌寒さを覚えること。「梅雨冷（びえ）」「梅雨寒し」「寒き梅雨」という言葉もあるほど。連日シトシトと雨が降り続くので気温が下がるが、寒気団が張り出すと、さらに冷え込む。

梅雨兆す　つゆきざす

梅雨に入る前に二、三日間、梅雨のような雨が降り続くこと。「走り梅雨」と同意。

入梅＊　にゅうばい・つゆいり・ついり

梅雨に入ること。農作業をする上で雨期を知ることは重要なため、江戸時代に暦の上での「入梅」が設けられた。実際は気象庁の発表する「梅雨入り宣言」が目安となっている。梅雨の期間は約一ヶ月半から二ヶ月くらいで、年によって変動する。「入梅」に対し、梅雨明けすることを「出梅（しゅつばい）」という。

梅雨　つゆ・ばいう

夏至の前後、六月上旬から七月下旬にかけて降り続く長雨のこと。「つゆ」の語源には諸説あるが、露けき時節だからとの説もある。「梅雨」の字があてられたのはちょうど梅の実が熟する頃と重なるため。「黴雨（ばいう）」と書くのも、黴（かび）がいちばん生えるのはこの時期だからといわれている。同意語に「梅の雨」などがある。

梅雨曇り　つゆぐもり

晩春から夏にかけて雨や曇りの日が多く現れる、重い雲で覆われた暗い曇り空のこと。

男梅雨　おとこづゆ

烈しく降って、サッと止むことを繰り返す、陽性型といわれる梅雨。

女梅雨　おんなづゆ

シトシト長く降り続く型の梅雨。鬱陶しいとも捉えられるが、雨に洗われて艶やかな景色を慈しむ心の余裕も持ちたい。また、梅雨に「男、女」の名前がついたのは、日本の男性が描いた理想だったからかもしれない。

迎え梅雨　むかえづゆ

文字どおり梅雨を迎えるように降る雨。「走り梅雨」と同意。

送り梅雨　おくりづゆ

梅雨明けの頃に雷を伴って降る強い雨。これが上がると梅雨も終わり、夏がやってくるといわれており、梅雨を送りだすというところからきた言葉。

返り梅雨　かえりづゆ

梅雨が明けたと思ったら、また二、三日降り続く雨。「残り梅雨」「戻り梅雨」ともいう。

梅雨長し　つゆながし

梅雨が長引き、明けないこと。雨に憂いている気持ちが表れた言葉。

空梅雨　からつゆ

雨が少なく、名ばかりの梅雨。旱魃になりやすい。今では年々極端な気象状況になってきているため、農業に携わる人々に限らず、全国的に恐れられている。「乾梅雨」とも書くが、同意語に「早梅雨」「枯梅雨」「涸梅雨」「照り梅雨」などがある。

梅雨雷　つゆかみなり

梅雨の頃に鳴る雷。梅雨入りや梅雨の最中などでも鳴ることもあるが、この雷が鳴ると梅雨が明ける。

暴れ梅雨　あばれづゆ

昼夜を問わず、雷をともなって降り続く集中豪雨。梅雨の後期に多く、河川の氾濫や堤防決壊などの災害につながる雨のこと。

荒梅雨　あらつゆ・あれつゆ

梅雨前線の活動が強まることによって生じる、災害をもたらすほどの集中豪雨。梅雨の後期にみられる現象。

梅雨豪雨　つゆごうう

梅雨後期に多い大雨。「梅雨末期の豪雨のよう」と、天気予報などで耳にするが、「梅雨出水」の原因になり、しばしば災害に結びつく。

雨間　あまま・あめま・あまあい

続く雨の晴れ間のこと。
古語で「雲間（くもま）」「小止（をやみ）」ともいう。
少し遠まわしな響きも美しい。

雨間より

水づく日は
苔むす色のミズウミに
重なる輪紋を見ています
うるむ日は
薄ずみ色の大崎に
うつろう影絵を見ています
この頃の
つかのあいだの日だまりは
いつもより
チカラを、たくさん
もっている気がします

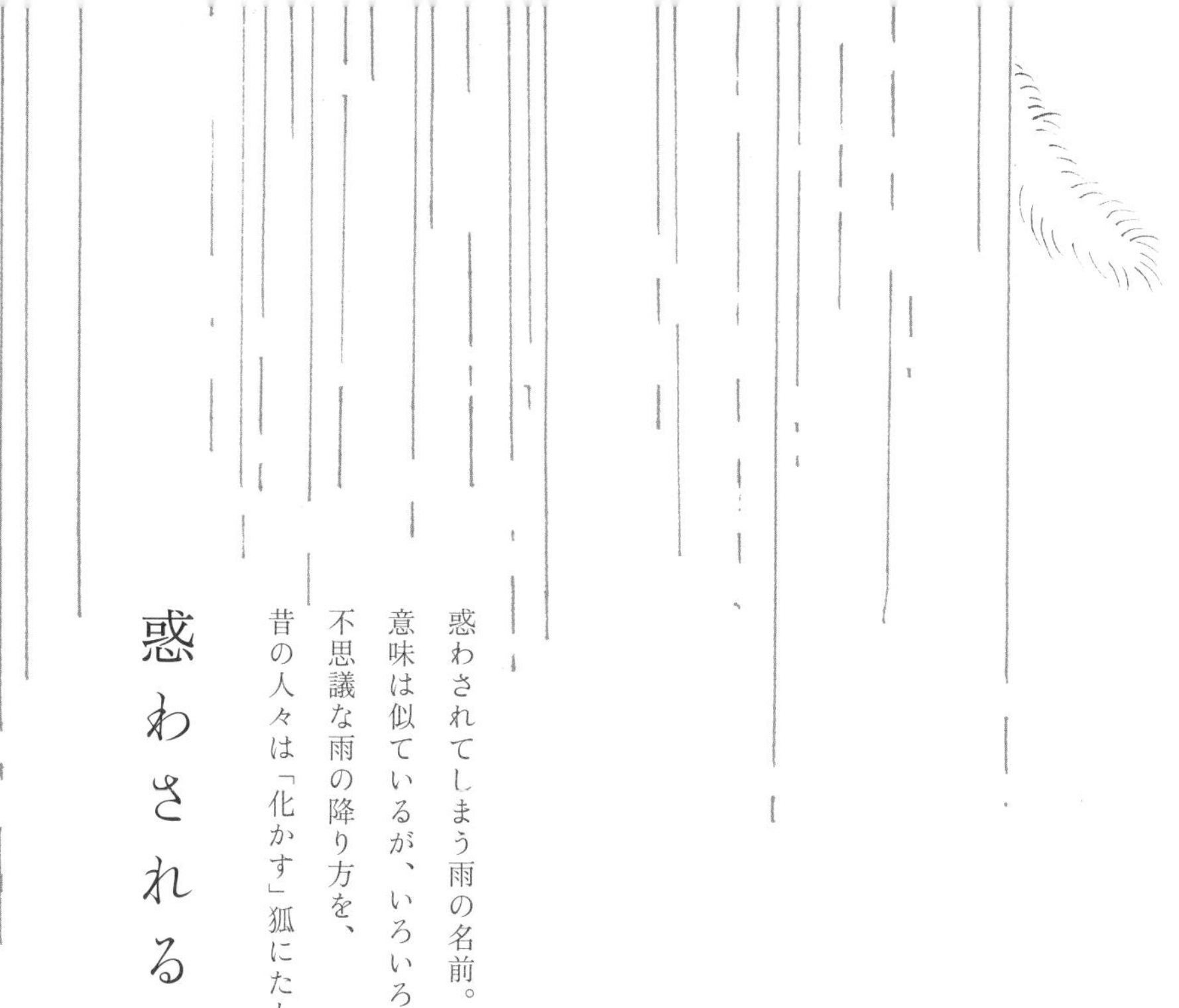

惑わされる雨

惑わされてしまう雨の名前。
意味は似ているが、いろいろな視点が見えてくる。
不思議な雨の降り方を、
昔の人々は「化かす」狐にたとえているのだ。

惑わされる雨

安倍晴明*

平安時代、卓越した知識を持った陰陽師といわれ、最先端の学問（呪術・科学）であった「天文道」や占いなどを体系としてまとめた。当時の朝廷や貴族たちの信頼を受け、多くの伝説的逸話を生んだ。また伝説上のキツネ「葛の葉狐」は人形浄瑠璃や歌舞伎の『蘆屋道満大内鑑』の通称「葛の葉」として知られる。稲荷大明神の第一の神使であり、安倍晴明の母とされる。

狐の嫁入り きつねのよめいり

日が射しているのに、雨が降ること。昔の嫁入りの提灯行列が狐火に見えたとの話、「狐」が化けたり人を騙したりする言い伝えからきた言葉だろう。この天候時、虹の見えることがあり、その情景が細かい雨のときはとくに美しく見えることから、結婚式には縁起が良いともいわれる。地方によって様々ないわれに変化しているが、狐に騙されるというのに、縁起の良い伝わり方をしている。

狐の御祝儀 きつねのごしゅうぎ

「『狐のご祝儀』が始まると必ず二、三日後には雨が降る」「狐火のような灯りが灯っている日が続く」などいろいろな説がある。想像になるが、天候の名前に始まり、民話と、狐火の怪異が混ざり、名前も変化したのかもしれない。有名な安倍晴明*の母は狐の化身だという。霧や雨に隠れて見つからないように葛葉さん（晴明の母）の嫁入り行列はしつらわれたのだろうか。同意語に「狐雨」「狐の婿取り」などがある。「狐の嫁入り」と同意。

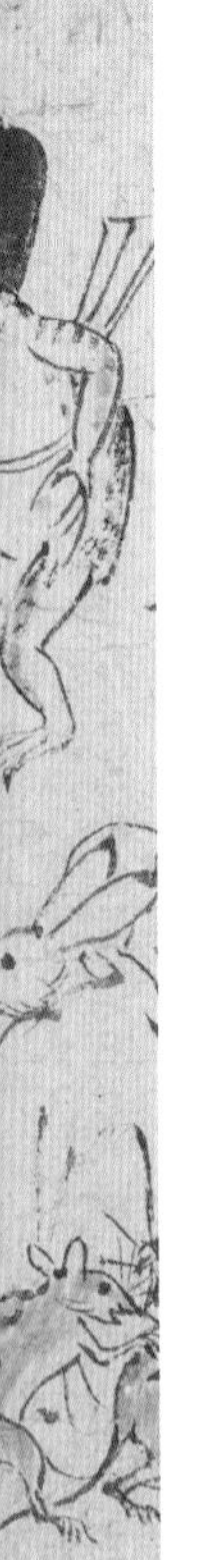

井戸の中から

地方には、擂り鉢をかぶったり、袖をかぶって井戸をのぞくと「狐の嫁入り」が見えるという土地がある。

国宝『鳥獣人物戯画 甲巻』平安時代 12 世紀 高山寺蔵

狐日和　きつねびより

今、雨が降っていたかと思うと、急に日が照り出したり、定まらない天候のこと。人を惑わす――。やはり狐のせいにしたのだろう。

天泣　てんきゅう

空に雲がまったく見えないのに降る雨のこと。天泣はごく稀れな現象であるというが、「狐の嫁入り」「狐の御祝儀」と同意。「天が泣く」という名前をつけた時代の人たちは、どんな気持ちで空を見ていたのだろう。

化雨　ばけあめ

島根県隠岐地方で、天気雨を指す。「化」は、ばかす。晴れているのに雨が降る――。人を化かしているのだ。

天気雨　てんきあめ

晴れているのに降ってくる雨のことをいう。東京地方から始まったといわれるが、現在では全国的になっている。「狐の嫁入り」「狐の御祝儀」「天泣」と同意。降り方は同じでも、天候の呼び名と人々の想像からきた呼び名はどこか違うような気がする。

白撞雨

はくどうう

天気雨のことだが、日が照っていながら降る、粒の大きな雨のこと。日に照らされて白く大地を突くように降る雨。「撞」は「つく、あてる、ぶつける」などの意味を持つ。

天蓋がばれる

てんがいがばれる

天候が崩れること。天、いわゆる空の蓋が壊れて雨や雪が降ってくることのたとえ。「ばれる」は、「壊れる」「破れる」という意味。

日照雨

そばえ

日が照っているのに降る雨。「夕立」「にわか雨」のこともいう。「そばえ」とはふざけること、戯れるという意味の雅語*でもある。「日向雨」「日照り雨」ともいう。

＊雅語（がご）

平安時代を中心とする古典の「正しい言葉」のことをいい、「みやび言葉」ともいう。日本の古くから伝わる美しい言葉とされ、平安時代に優雅で洗練された上品な言葉として和歌などに使われた。

気になるアメとアマ

後編

気になる……。

「アマ」の奥行きが深くて、つながらない。

古事記の「高天原」は、高い天空の、ハラ(命を生み出す腹)。

つまり、はるか上空より、更に高いところに、

「命の生まれる場所」があると信じられていた。

「生命の誕生は海から始まった」といわれているが、
海には「アマ」と呼ばれる海士〝海女、海人〟が存在する。

「アマ」は天も海も、命の源としては同じなのか……。

そして、このはるか遠い距離を繋ぐものは「水」だと気づく。

雲、雨、海、霧……　「乾元(けんげん)*」という言葉が浮かぶ。

「アマ」の「間(ま)」の発音には、感覚上の空間〝見えない存在〟が含まれ、

「天照大御神(あまてらすおおみかみ)」「天宇受売(あまのうずめ)」のように、「アマ」のつく、
日本独自の神様の名前となる。

太陽が海から昇り、海に沈む、
太陽の見えない時間の裏側の闇も含めたすべてを指す、

「アマネク」自然界そのもの、
永遠に繰り返される命の循環を、今も表している。

乾元*
123頁に記載。

雨の色

雨にも色がある。
香りの雨があるなら、それも不思議ではない。
日本人の繊細な心の色と、
自然と近い存在だった時代もみえる。
「色」の捉え方も様々だ。

雨の色

紅の雨　くれないのあめ

紅の色をした花などに降り注ぐ春の雨のこと。春に咲く紅の花には、躑躅（つつじ）、木瓜（ぼけ）、石南花（しゃくなげ）などがあり、淡紅色の花には桃、花梨、杏などがある。また、情緒として、紅い花が散るさまを雨に喩えるときにもいう。雨は無色だが、ときに花粉や黄砂などを含み、少しだけ色がついたように見える雨。同意語に「紅雨」がある。

緑雨　りょくう

新緑を濡らして降る雨のこと。五月の雨。

青雨　せいう

梅雨の前、五月くらいに青葉に降る雨のことで、見上げると光に透けて見えるくらいの若葉を濡らす雨。同意語に「青葉雨」がある。

硫黄の雨　いおうのあめ

黄色い雨のこと。花粉が混ざって降る雨。雨のなかにはその時々に咲く花の花粉が混ざり、色がつくことがある。日本では、酸性雨に硫黄が含まれたり、黄砂などの土壌由来の成分（砂や泥）や火山灰を含んで、黄色や赤色を呈する雨が降るという。

岡田武松[*]『雨』より

「硫黄の雨というのは、実は花粉が雨水に混じって降って来るものである。その形も色もまるで硫黄の粉と似ているので俗に硫黄の雨という」とある。同書によると、明治三十九年(一九〇六)五月二日午後零時三十分より四時頃まで、東京に赤松の花粉が混ざった雨の降った記録が残っているという。

『雨』岡田武松(岩波書店)より

白雨　はくう・しらさめ

明るい空から降る、にわか雨のこと。雨脚が太く、日光を浴び、雨粒が地面に強く当たるときに上がるしぶきが白くみえるほどの雨、または雹(ひょう)のことをいう。俳句の世界では、「ゆうだち」と読むことも。夏の雨を見えるままに「白い雨」と涼しげに見立てる感覚も美しい。

黒雨　こくう

まっ黒な雨雲から降ってくる雨のこと。空が黒くなってしまうほどの土砂降りや豪雨。「一天にわかにかき曇り」という言葉が、まさにぴったりな雨雲からの雨。

黄金の雨　こがねのあめ

日照り続きのときに降るありがたい雨のこと。感謝の気持ちと喜びが貴重な黄金という言葉に込められている。情緒的につけられた意味あいとは別に、「硫黄の雨、黄色い雨」と同意と思われる説[*]もあり、赤松の花粉が混ざってこの色の雨が降ったという記録がある。

銀竹　ぎんちく

強い雨に、雲間からの光が反射して輝いている様子を銀色の竹に喩えた言葉。私はまだ、この雨を見たこと、いや感じたことはないが、この情景を見て、「竹」を想像する感性をまだ持ち合わせているだろうか。

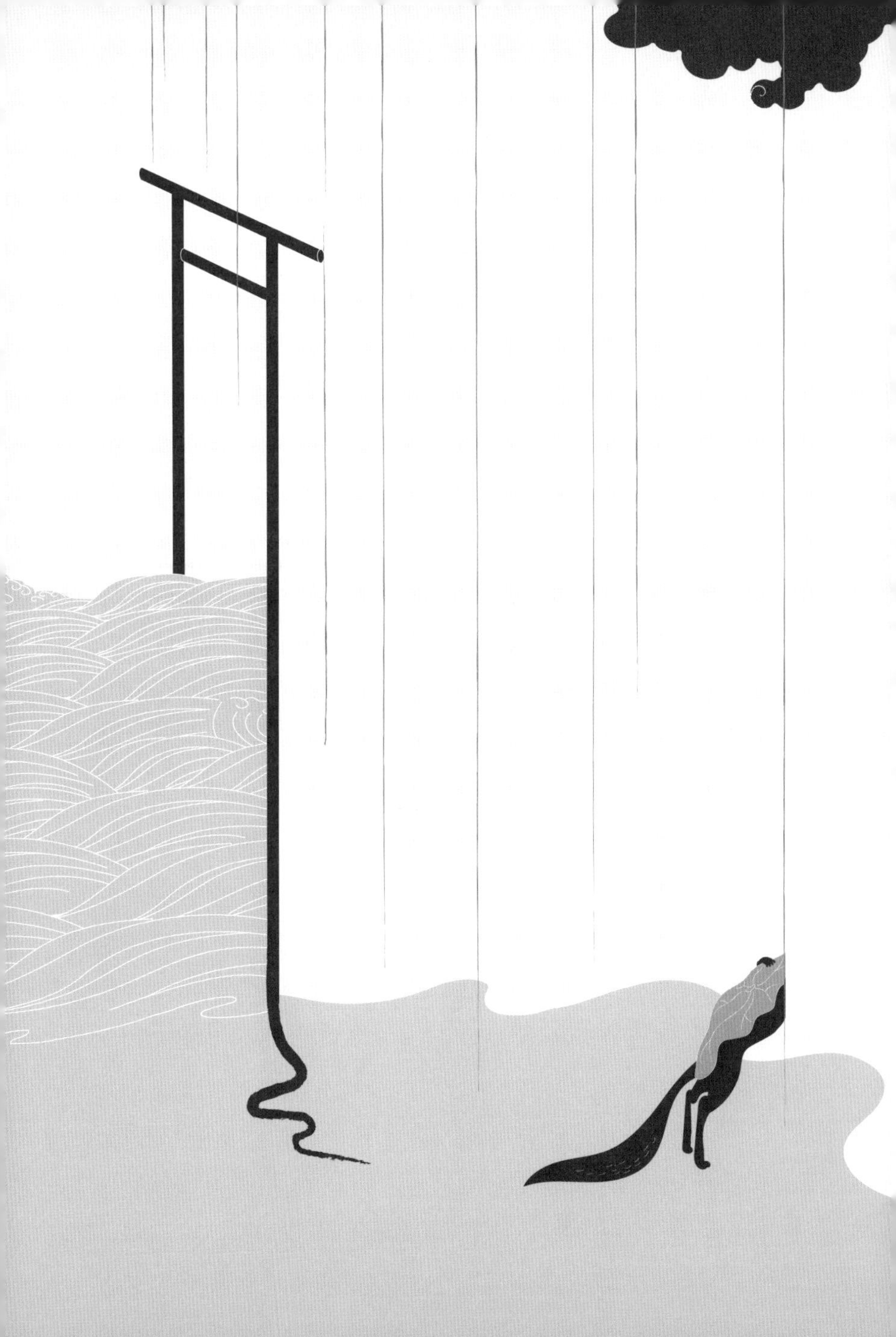

城ヶ島の雨*

雨はふるふる
城ヶ島の磯に
利久鼠の雨がふる

雨は眞珠か
夜明けの霧か
それとも
わたしの忍び泣き

利休鼠の雨　りきゅうねずのあめ

利休鼠とは茶人千利休が好んだ緑がかった鼠色のことで、北原白秋作詞の童謡『城ヶ島の雨』*に出てくる雨の表現。墨絵のような鈍い色合いの日本の雨の風景を思い浮かべる。日本の色の名前は美しい。

雨暗　うあん

雨が降って暗いこと。「雨闇（うあん）」「雨昏（うこん）」ともいう。厚い雲で夜のように真っ暗にしてしまうことをいうが、雨雲が薄く、薄明るいときもある。

時雨の色　しぐれのいろ

時雨に濡れることによって色艶のついた草や木の葉の色のこと。時雨は晩秋から初冬に降る雨の呼び名のため「秋の色」の主となる草や木の葉の色をいう。一般的に、春の色は花から、秋の色は葉からと捉えることが多い。

五色の雨　ごしきのあめ

お釈迦様が生まれたときに降ったという青、赤、白、黄、黒の五色の「奇跡の雨」のこと。またこの説とは逆に、お釈迦様が臨終を迎える際の涅槃図でも知られるが、天から五色の雨が降ったとされる説もある。

舟はゆくゆく
通り矢の
はなを濡れて
帆上げた ぬしの舟

ええ
舟は櫓でやる
櫓は歌でやる
歌は船頭さんの
心意気

雨はふるふる
日はうす曇る
舟はゆくゆく
帆がかすむ

作詞：北原白秋
作曲：梁田 貞

黒風白雨 こくふうはくう

暴風雨のこと。「黒風」は塵や埃が巻き上がるほどの強い風、「白雨」は雨脚が太く、雨粒が地面に強く当たるときに上がるしぶきが白くみえるほどの雨、または雹のこともいう。小さい頃、雨と一緒にやってきた昼とは思えないほどの暗闇に怯えた感覚は今も忘れない。類義語に「黒雲白雨」がある。

血雨 けつう

黄砂や火山灰などの土壌の成分が混ざった雨、「泥雨」のこと。この名前の場合、赤土など赤みを帯びた成分が含まれたときにこう呼ばれる。

黒い雨 くろいあめ

原爆投下直後の広島に降ったという黒色の雨で、泥やすす、放射性物質を含んだ大粒の雨のこと。昭和四十年（一九六五）に井伏鱒二が『黒い雨』という小説を発表し、被爆者の苦しみを描いた。その後、一九八九年に映画化された。

かさなる音

ひくい空から
おちる雨が
近づく夏を知らせます
毎日、同じに過ごす波音に
雨音の、重なる日が多い
この頃ですが
雨あがりの
透明な、空気と
透明な、緑は
この季節の
一番のごちそうです

夏の雨

夏はとにかく太陽の存在が大きいが、
やはり雨の国。湿度も忘れることはできない。
夏の雨の名前もたくさんある。
強そうな名が多いのは、夕立のせいなのか。

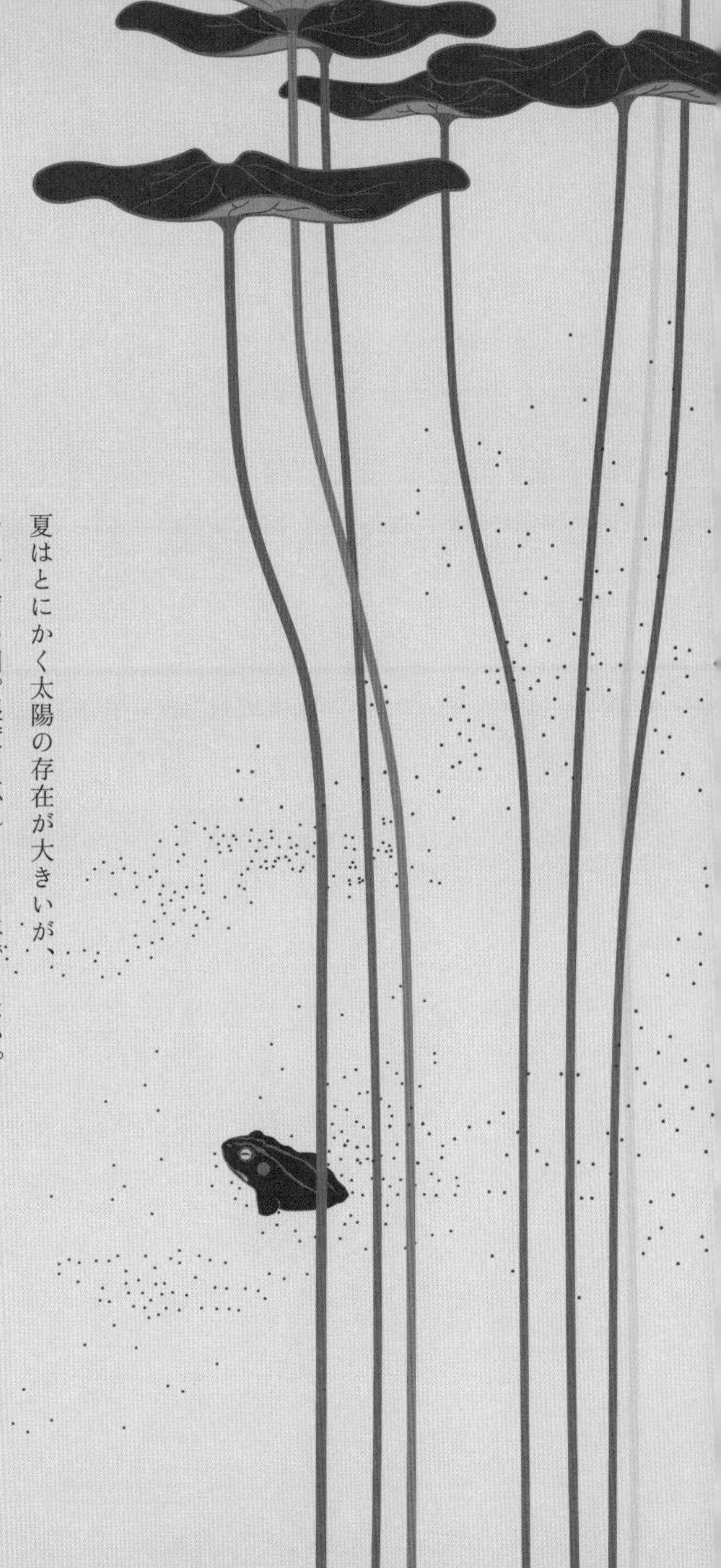

夏の気配

夏雨

かう・なつさめ・なつあめ

夏らしい、明るさを持った雨の名前。夏の雨は涼をもたらし、人に恵みを与える。「夏雨人に雨らす」ということわざがある。

大抜け

おおぬけ

洪水になるほどの大雨のこと。空が抜けるという意味といわれている。大雨よりも大量に降るイメージができてしまう面白い言葉。

山賊雨

さんぞくあめ

突然にやってくる雷雨のこと。稲刈り中、遠雷が聞こえてから稲束を三束も作らないうちに雷雨になる。「三束」の読みと山雨から派生し、「山賊雨」となった。襲われることには違いない。

御雷様雨

おらいさまあめ

宮城県石巻の言葉で主に夕立のことをいう。天には神様がいて、雷神様が雷を鳴らし、風神様が風を吹かせる。この地方の子供たちには見えていたのだろうか。

脅し雨　おどしあめ

八丈島の言葉で、にわか雨のこと。「降るぞ！」と天に脅されてるようだ。

大雷雨　だいらいう

名前のごとく、けた外れに烈しい雷雨のこと。「大雷神様」もおられるのだろうか。

電雨　でんう

夏、稲妻とともに降ってくるにわか雨のこと。「電」は稲妻、稲光のことで光を強調している名前。また似ているが「雷雨」は音を強調している。

初夕立　はつゆうだち

その年に降る初めての夕立のこと。雷を伴わないので「初雷」は春雷のことをいう。

一陣の雨　いちじんのあめ

雨がひとしきり激しく降ったりすること。夏のにわか雨。「一陣の風」は突風のことをいう。

一発雨　いっぱつあめ

夕立のように、突然強く降り始め、すぐに止む雨のこと。いっときにザーッと強く降って、すぐに上がってしまう、夏に多く、夏らしい雨。

瞑怒雨　めいどう

急に空が暗くなり、雷と共に
降ってくる雨のこと。

夕立のにおい

なつの夕方
黒い雲が
カタチを見せて近づいてくるとき
バシバシとした音とともに
その懐かしい匂いは
やってくる
焼けたアスファルトのそれは
なぜか不快でもなく
ただ、ただ
ひくい空からおちてくる雨を
茫然と見る「時間」を
あたえられるのだ

墜栗花　ついり

「栗花落」とも書くが、梅雨入りのこと。栗の花が落ちる頃と重なるところから、この字が当てられた。

筍梅雨　たけのこづゆ

筍が生えはじめる頃に降り続く長雨のこと。もとは伊勢や伊豆の船乗りの言葉で、その頃に吹く東南の風のことだったが、雨を多く伴うことから、雨の名にもなった。「筍黴雨」とも書く。

新雨　しんう

新緑の頃に降る雨のこと。新しいという漢字のせいか降る雨も新しく清々しく感じる。

余花の雨　よかのあめ

初夏の雨。夏になって若葉の中にまだ残る桜の花を余花と呼ぶ。開花の遅い寒い地域や高山などに見られ、この花を濡らす雨のこと。ちなみに立夏前の桜は残花と呼び季語は春。立夏後は余花と呼び季語は夏。

藤の雨　ふじのあめ

藤の花の咲く頃に降る雨。山野には自生のものもあるが、藤棚の下に立つと、藤の季節の雨の意味だけではなく、藤そのものが雨に見えた記憶がある。藤の花が風に揺れる姿を「藤浪」という。

翠雨　すいう

木々の青葉に降る、初夏の雨のこと。翠は翡翠*の美しい緑色を指す。「翠雨」には「美しい黒髪に降る雨」の意味もある。黒々としたつやのある美しい髪を「緑の黒髪」と呼ぶことと関係しているのだろう。「雨」を司る神様が祀られているという神社の中には、黒髪神社*と呼ばれる神社がある。「若葉雨」「緑雨」「青雨」と同意。

催涙雨　さいるいう

陰暦七月七日、七夕に降る雨のこと。彦星と織り姫が逢えずに悲しむ雨といわれる。「洒涙雨」とも書く。

洗車雨　せんしゃう

陰暦七月六日に降る雨。七夕の前日、彦星が織り姫との逢瀬に使う牛車を洗うため降るといわれる。

***翡翠（ひすい）**

「翡翠」は翠玉と呼ばれる宝石のこと。元来、翡翠とは鳥のカワセミのこと。「翡」は赤色、「翠」は緑色を意味し、カワセミの緑の羽と、赤い腹から名がついた。雄の胸が赤みが強いことから、「翡」は雄、「翠」は雌を表す。

***黒髪神社**

佐賀県武雄市にある黒髪神社。闇龗神（くらおかみのかみ）という雨を司る神様を祀り、「くろかみ」は「くらおかみ」に由来し、現在も、雨が降らないときに雨乞いの祈祷を行う。

樹雨　きさめ・きあめ

霧のしずくが森林の木の葉にたまり、それが大粒の水滴となって落ちてくる水粒のこと。木の下に行くと大きな水粒が落ちて、雨が降ってきたように思うこともある。この現象は、雨が降らなくても林床に水を供給できるという大きな役割があり、樹林帯の植生にも影響がある。

麦雨　ばくう

麦の穂が育ち、実る頃に降る雨のこと。麦はこの頃の雨をとくに嫌うらしく、農家にとっては困る雨。

半夏雨　はんげあめ

夏至*から十一日目、「半夏生（現代では七月二日頃）」に降る大雨のこと。この日は天から毒気が降るといわれ、野菜を食べるのを控えたり、井戸の蓋をしたり、この時期に農作業を行わないため「ハンゲ」という妖怪が徘徊するといわれる俗習などが各地にある。また、大雨が降ってもすぐに晴れ上がったりすることを「半夏のはげ上がり」という。

夏至*

日の出から日の入りまでの時間がもっとも長い日のこと。この日を境に、だんだんと日が短くなっていく。夏至は天文学的に決まり、毎年、六月二十一日か二十二日となる。

宝雨　たがらーめ

夏の日照りの続いた後に降る雨のこと。宝物の雨なのだろう。渇水の後の喜びが伝わる。秋田県地方の言葉。

土用雨　どようあめ

夏の土用*に降る雨。四季ごとにあるという土用。今では夏の土用を指すことが多く、とくに「土用の丑」は馴染み深い。土用の頃の悪天候を「土用時化」という。

水取雨　みずとりあめ

「水」は田植えに必要な雨水のことで、五月雨（新暦の六月頃に降る雨）、つまり梅雨のことをいう。

土用*

「立春」「立夏」「立秋」「立冬」各日の前約十八日間のこと。古代中国「陰陽五行説」からきており、自然界のあらゆるものを「陰と陽」に分けた「陰陽説」と「木・火・土・金・水」の五つの要素で成り立つとする「五行説」が組み合わされた。これらに四季が割当てられ、季節の変わり目を土用とした。

旱天の慈雨　かんてんのじう

日照り続きの後に降る恵みの雨のこと。「旱」は日照り、「慈雨」は恵みの雨。「旱」は、「干」とも書く。このことから、非常に困ったときに、もたらされる救いの手のたとえや、長い間待ち望んでいた物事が実現することのたとえとして使われるようになった。

涼雨　りょうう

夏の終わりに降る、涼しさをもたらす雨。

土の神様

夏の雨の中に「土用」という言葉が出てきた。
「期間」のことだったのかと思いながら、
どこかで記憶が重なってくる。祖母の言葉だ。
大工仕事の好きな私に、
「釘を打つときは、神さんが廻ってはるかもしれへんから
〝ここに居られましたら釘を打つのでお移りください！〟
と、撫でてから打たな、バチがあたるえ」といっていた。
そんな祖母は、お風呂場の壁に釘を打ったあと、
原因不明の高熱で何日もうなされたという。
「毎晩、足音が聞こえて女の人が首を絞めるんや……」
祖母の中で「何か」と神様の話が混ざっているようだ。
「土公神（どこうしん）」という土の神さまはいろいろな場所を巡回されていて、
土用の期間は、土の中に居られ、騒がしくすると怒られるという。
「土用の間日（まび）」には神さまは天に上がられているので
騒がしくしても大丈夫なのだそうだ。
私の知り合いの職人さんたちは
今も見えない存在を気にかけて、仕事をされている。

雨に縁ある妖怪と鬼

夏の夜はなぜか怖い。お盆のせいだけではない。
賑やかな祀りごとが日々おこなわれ、人が集まるその陰で、
神様の祠の裏でも、「何か」うごめているに違いない。
大人になると薄れてゆく「怖れ」は、
言葉の中に生き続けていると思う。

雨に縁ある妖怪と鬼

豆腐小僧 とうふこぞう

頭に竹の笠をかぶり、丸盆を持ち、その上になぜか紅葉豆腐(紅葉の型を押した豆腐)を乗せている、なんとも可愛らしい妖怪。雨の夜などに人間のあとをつけて歩くこともあるが、とくに悪さもせず、お人好しで気弱。ほかの妖怪にいじめられたりもする。豆腐小僧はイタチが化けた説もあり、後の書物では、父は妖怪の総大将・見越入道、母は轆轤首(ろくろっくび)と脚色されている。さらに昭和・平成以降になると、雨の夜に現れ、通りかかった人に豆腐を勧めるが、食べると体中にカビが生える、など創作されやすく、憎めない妖怪。

雨の小坊主 あめのこぼうず

京都によく出没したといわれる。風まじりの雨の夜更け、童子が町家の門戸で雨だれに濡れそぼち、下を向いて立っている。気の毒に思い、家に泊めてあげようかと声をかけた主人は、家に向かう道中でふと横を見ると童子の顔が五倍ほどに膨れ上がり三ツ目になって笑っていたそうだ。あまりの驚きに主人はその場で気絶してしまう。気がつくと、家とは真逆の墓場に倒れていた。

雨降小僧

あめふりこぞう

鳥山石燕の妖怪画集『今昔画図続百鬼』*では、中骨を抜いた和傘を頭に被り、提灯を持った子供が描かれている。「雨の神、雨師に仕える侍童」とあり、大人に奉仕する子供と、いたずらを、言葉あそびにしているのかもしれない。歌川豊国画『御存之化物』では「雨夜に男が歩いていると、竹の笠をかぶった一つ目の小僧が、両手に何かを持って歩み寄った」とあり、少し豆腐小僧と似ている。

雨降り入道

あめふりにゅうどう

雨の夜に現れる大男の妖怪。入道雲となって現れ、人家の近くにやってくることが多い。天気が移り変わるとき、いわゆる「物事の境目」に異界からの入り口はできるのかもしれない。

「雨降小僧」歌川豊国『御存之化物』より

*『今昔画図続百鬼』

一七七九年(安永八年)に刊行された、江戸時代中期の画家・浮世絵師、鳥山石燕の妖怪画集。雨・晦・明の上中下三巻構成。「雨」には、逢魔時、鬼、山精、魃、水虎、覚、酒顛童子、橋姫、般若、寺つつき、入内雀、玉藻前、長壁、丑時参が紹介されている。また、『今昔百鬼拾遺』では「雲」「霧」「雨」のくくりで出されており、雨との関わりは強い。

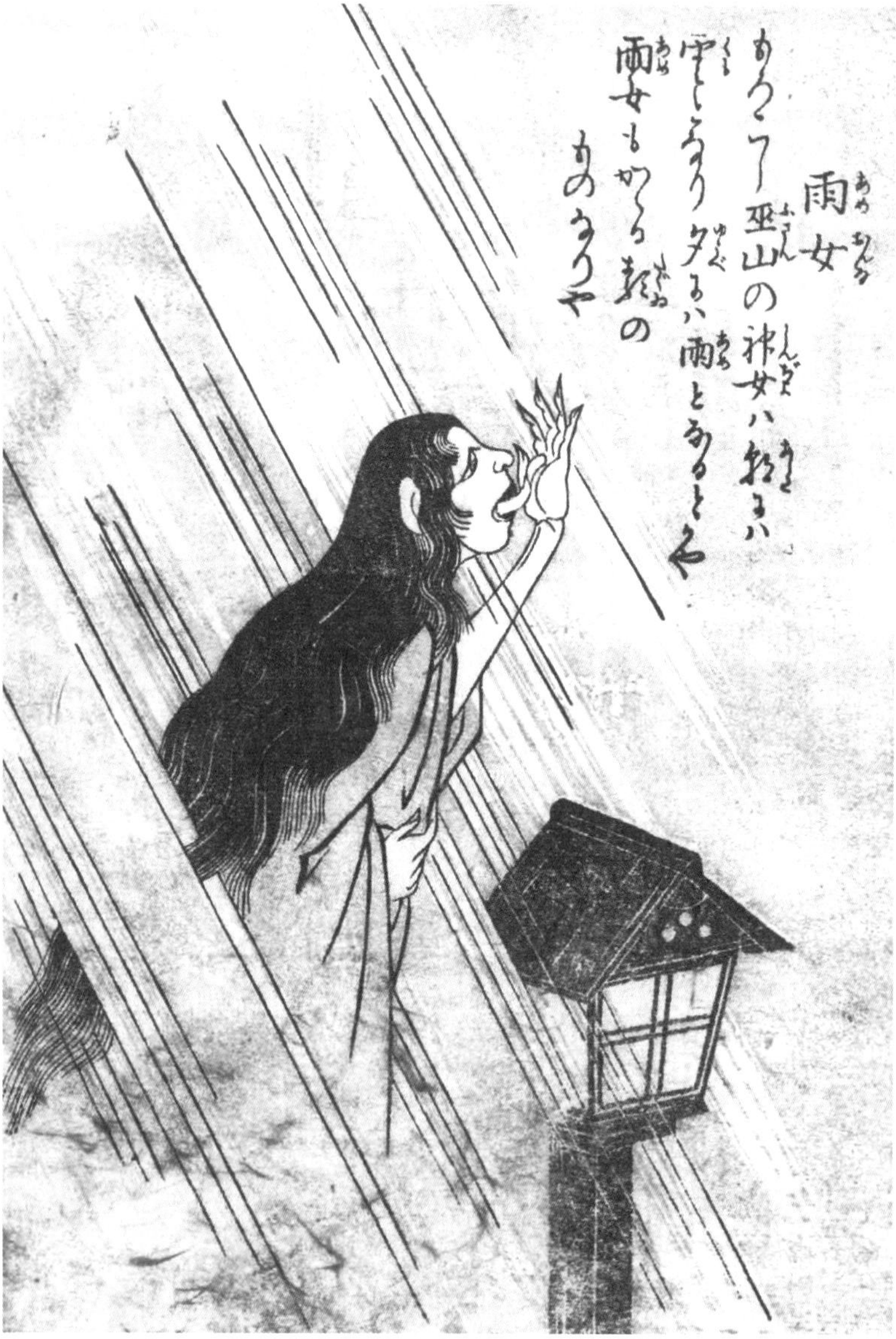

「雨女」鳥山石燕『百鬼夜行拾遺 三巻』より

雨女（あめおんな）

雨女といわれると「雨を降らせる」迷惑なイメージが最近では先立つ。味方をするわけではないが視点を変えると、旱魃のときに「雨を呼び、人を助ける妖怪」という神聖な「雨神」の一種ともいわれている。

鬼雨（きう）

鬼の仕業かと思うくらいの並外れた雨のこと。人の想像を超えるほどの災害をもたらす自然現象を「鬼」と表現したのだろう。

鬼洗い（おにあらい）

大晦日に降る雨のこと。悪霊や疫病をもたらす悪い気を洗い清める雨としてこの名がついた。陰暦の大晦日（節分）におこなわれていた疫鬼払いの宮中行事「追難（ついな）」や民間行事の「鬼やらい」が原型といわれている。

すねこすり

雨の夜によく現れ、歩いている人の足の間を、体をこすりながら通り抜けて邪魔をする。子犬のような姿をし、岡山に出没したといわれている。

日和坊

ひよりぼう

禿頭が特徴の姿で、日和坊は常陸の国（現・茨城県）の深い山中に住んでおり、晴れの日に姿を現し、雨が降ると姿を隠す妖怪。最近では見かけなくなったが「てるてる坊主」は、この妖怪が元になっているともいわれている。機嫌を損ねないよう、晴れの願いをかなえてくれたときには目を描き入れ、お酒をふるまったという記述が江戸時代後期の文献『嬉遊笑覧』*に残っている。また、てるてる坊主の起源は魃（ひでりがみ）という名の妖怪という説もある。魃は、もともと中国の妖怪で、獣の体と人の顔を持ち、手と足が一本ずつ。この妖怪が現れると雨は降らず、名の通り大変な日照りとなったといわれる。

上／「日和坊」鳥山石燕『今昔画図続百鬼』より
下／「魃」鳥山石燕『今昔画図続百鬼』より

*『嬉遊笑覧』（きゆうしょうらん）

文政十三年（一八三〇年）に発刊された、全十二巻の江戸時代後期の風俗習慣、歌舞音曲などを解説した書物で、江戸風俗を知る資料として貴重なものとされている。喜多村信節の随筆によるもの。

河童の噂と皿の話

「河童」は水神さま、という説がある。「河伯（かはく）」「水虎（すいこ）」と、名前も姿も微妙に違う。

一般的には、背中に甲羅、手足に水掻き、頭に円形で水の入った皿がある。

皿の水が枯れたり割れると力を失う。肛門が三つあり生臭い……ひどいいわれようだ。

悪戯好きだが義理堅い。子供を相撲に誘う。負けて命を取られない方法は、
勝負の前にお辞儀をすること。礼儀正しい河童は、お辞儀を返すので、
頭の皿の水がこぼれて負けてしまう。憎めない。

相撲は、もともと水神に奉げるための行事だったという。

一方、人を水中に引き込み生き血を吸い、死体だけ返すという、怖い噂もある。

尻子玉（霊魂と考えられる）を抜きとって竜王に税金として納めるそうだ。

そして「水が無くなると使い物にならない皿」は、龍神さまにつながっていく。

龍の力の根源として「博山」とよばれる「水を受ける盆」で、
この「盆」が「皿」に変化したのではないかといわれている。

河童は龍の化身や依り代だったのかもしれない。

これらの話は、室町時代に出現し、江戸時代に一気に広がったといわれている。

この頃の人々の想像力と好奇心が、たくさんの物語を生み出したのだろう。

金網や、柵が張り巡らされていることの多くなった現代の池では、
河童の噂は聞こえてこない。

「濡女」鳥山石燕『画図百鬼夜行』より

怪雨の記録*

岡田武松『雨』によると、①明治二十六年(一八九三)沖縄から広島に土砂が雨にまじり降る。②年不詳八月に熊本県で黄色を帯びた雨が降る。「血の雨」と呼ぶ。③大正十二年(一九二三)千葉県で東京の火事の紙片が降る。④大正四年(一九一五)宮城県の神社で八穀(米、黍、大麦、小麦、大豆、小豆、粟、麻のなどの穀物)が降る。⑤明治三十九年(一九〇六)東京で花粉の雨が降る。外国では、化石の貝、牧草、蟻、蛙、端牛、榛の実、魚などが雨に混ざって降る、と記録されている。

濡女 ぬれおんな

尻尾が約三百二十七メートル、見つかったら最後、逃げてもう巻き戻されて食べられてしまうという。また「牛鬼」という妖怪の遣い、化身という説もあり、水辺に現れ赤子を差し出し、その赤子を預かると石のように重くなって、動けなくなり、そこに蜘蛛のような身体に頭が牛の姿をした妖怪「牛鬼」が現れ、食べられてしまう。水辺や橋は異界との境目といわれるが、小さい頃に強く叱られたとき「あんたは橋の下から拾ってきたんや」と親からいわれた。言葉を辿ると、ただの冗談や虐めの言葉だけではないことが今になって心に引っかかる。

怪雨 かいう

異常な物体が雨とともにまたは単体で降ること。「恠雨」という異体字もある。日本ばかりでなく、世界の至るところで記録*が残っており、竜巻によって空中に吸い上げられたものが降ってくるものだと思われる。

雨乳母 うぶめ

産女、姑獲鳥とも書く。所説あるが、雨の日に訪れる神が堕落して妖怪になったという説、産んだばかりの子を亡くした女の霊、または亡くなった妊婦をそのまま埋葬すると「産女」になるという。多くの地方では、腹を裂いて胎児を取り出し、母親に抱かせたりして葬るべきだと伝えられている。親族の思いやりがうかがえる話。

雨工 うこう

雷雨のときに降ってくる黒い羊のような姿をした獣といわれる。中国の唐代に書かれた『異聞録』には「龍女が飼っており、付き従う羊のような獣は雨工という。よって龍の眷属であり、雨神であるが龍神としての性格を強くおびた雨神」と書かれている。また『唐書、五位志』では「暴雨のときに妙なものが降ってきた。黒い羊のようなもので、物を食べない。やがて地中に消えたが、その跡は一ヶ月もの間消えなかった」、これを雨工だという。実際に唐の時代の「形象硯」は珍しい羊の頭の飾りをつけており、おそらく雨工を象ったものではないかと考えられている。

「姑獲鳥」鳥山石燕『画図百鬼夜行』より

見えない存在

小さい頃は「怖いもの」が沢山あった。
妖怪の文章を書いていて思い出す記憶がいくつかある。
雨の降る夜
道端の深い闇、轟々と流れる川面の中、
違和感――。
通り過ぎて、頭に残る映像に立ち止まり、
振り向く前に、友達に確かめる。
「小さい人、いた?」
「気のせい、気のせい」
車で大きな橋を渡っていた。通り過ぎてから
「大きな子供、いた?」
欄干の向こう側だった。
気のせい、気のせい……。
次の日の新聞の、小さな記事のほうが怖かった。
大人になっても「怖いもの」は、あったほうが面白い。
新たな、怖い妖怪は生まれるのだろうか。

雨のつく生き物たち

雨という文字の入った生き物たち。
見た目からついたのであろう名前だったり
伝説からの当て字が、当たり前になっていたりする。
「名前そのものが呪（しゅ）なのだ」と誰かがいったことを思い出す。

雨のつく生き物たち

雨燕　うえん

雨の中を飛ぶツバメのことをいう。雨が降りそうになると、湿度が高くなり、虫の羽が重くなるため地面近くを飛ぶことになる。この虫を追ってツバメも低く飛ぶ。ツバメの異称には「紫燕、烏衣」がある。音も文字も美しい。大好きな物語『雨柳堂夢咄』*の一話に、この名を名乗る夫婦が家主を魔から救うため、人の姿を借りて恩返しにやってくる。よくある筋書きながら、作家の画力と構成、知識によってため息が漏れるくらい深く美しく、妖艶な世界に描かれている。私がこの本の影響を受けているのは間違いない。

雨燕　あまつばめ

読み方が変わると違う鳥になる。ツバメに似ているが、アマツバメ科に属する鳥。ツバメより翼が長く速く飛ぶ。壁などに垂直に張りつくことができるが電線に止まったり地上に降りることはできない。ほとんどを空中で過ごし、夜間も飛びながら寝る。曇天や雨降りの前などに餌の虫を追って、よく目につく低い場所まで降りてくるところからこの名がついた。「雨黒燕」と同意。雨鳥は古名。

*『雨柳堂夢咄（うりゅうどうゆめばなし）』

波津彬子著の骨董屋・雨柳堂に集まる、いわくつきの品々。それらに宿る「想い」をたどり、人が心に秘めた様々な物語を解き明かす。

『雨柳堂夢咄』（朝日新聞出版）波津彬子より

雨鷽　あめうそ

「鷽（うそ）」のメスの呼び名。悲しそうな細い鳴き声から口笛に似ていると、古語でいう口笛の意味「嘯（うそ）」からついたとされる。江戸時代には「琴弾鳥」の名でも呼ばれていた。面白いのは、オスが「照鷽」といわれて晴れを呼び、雨鷽が鳴くと雨を招くとされていた。また「鷽」という字が旧字の「學」に似ているため、「天神様の遣い」とされ、木彫りの鷽を使った「鷽替えの神事」が菅原道真を祀る北野天満宮などで行われている。

喚雨鳩　かんうきゅう

鳴くと雨が降るという鳩。雨乞いをする鳩。ことわざでは「朝鳩が鳴くと雨」という。

雨乞い鳥　あまごいどり

翡翠の仲間、赤翡翠と書いてアカショウビン。火の鳥という異称も持つ。石垣島で聞いた鳴き声はとても悲しい響きだったので、火の鳥のイメージはなかったが、写真で見ると色は美しい緋色（翡色）だからこの名もつくのだろう。日照りが続くと高いところで鳴き、雨が続くと里に下りて鳴くといわれている。

雨乞い虫　あまごいむし

雨蛙のこと。この蛙が鳴くと雨が降るといわれている。蛙は皮膚呼吸なので、湿度が高いと呼吸しやすくなるため、いつもより鳴くようになるという。同意語に「雨乞蟇（あまごいびき）」「雨蟇（あまびき）」などがある。

雨傘蛇　あまがさへび

コブラ科で毒性の強いヘビ。黒に白い横縞模様で、噛まれると全ての筋肉が停止、呼吸困難で死ぬという。「雨傘」の由来は想像だが、背骨が高く盛り上がっていることから、断面が三角形からきているのだろうか。

雨彦　あまびこ

ムカデに似た節足動物の総称。雨の降った後に出てくることからこの名がついた。馬陸（やすで）の古名。「オサムシ」「エンザムシ」の名も持つ。

雨龍　あまりゅう・あまりょう

全ての生き物の祖といわれ、様々な動物の特徴が込められた想像上の生き物。一説では龍にも階級が存在し、「雨龍」は五段階の最下位、「幼龍」「璃龍（ちりゅう）」ともされている。日本に見られる雨龍の紋は、角が無くどこか幼い顔つきで水紋を含んだ意匠が見られるのはそのいわれのせいか。

雨を呼ぶ龍

雨龍と、姿は違うが、浅草の雷門の大提灯の底には「雨を呼ぶ龍」が彫られている。木造建築の多い浅草周辺の人々は、雲を呼び、雨を降らす力を持っている龍が町を火事から救ってくれる龍神として崇めてきたそうだ。

むかし、母子で暮らす蛙がいました。
親に逆らってばかりの子蛙は、
大人になっても逆らい続け、遊んでばかりいました。
そこで母蛙は、寿命を迎えたとき、逆のことを頼むのです。
「墓は山より川のそばがよい」と。
しかし、子蛙は悲しみのあまり
最後の望みは、叶えてあげようと
川のそばにお墓を建て、
ようやく気づくのです。
お墓が大雨で流されることに……。
子蛙は泣きながら墓を守り続けました。
以来、雨の日には
蛙がせいいっぱい大きく
鳴くようになったのだそうです。

雨虎 あめふらし・うこ

海産の軟体動物で殻が退化し、大きなナメクジのような姿をした生き物のこと。なぜアメフラシなのか。由来は、海水中で紫色の液を出すとその辺りに雨雲が立ちこめたように広がるから、いじめると雨を降らせる、また産卵のため岩場に集まる時期が梅雨と重なるなど、諸説ある。ツノを耳に喩えた英名では「海のうさぎ」、中国では「海兎」と書く。

虎が雨 とらがあめ

陰暦五月二十八日に降る雨。この日は曾我兄弟の仇討ち決行の日。曾我十郎祐成に愛された大磯の遊女「虎御前」が十郎の死を悲しみ、流す涙雨という。のちに「曽我物語」とし、脚色され世に広まった。「虎が涙」「曽我の雨」ともいう。

雨男 雨女 あめおとこ あめおんな

その人が関係すると行事などが雨になるといわれている男性、または女性。自称している人もいるが、周囲からも冷やかされるほど雨のイメージが強い。「雨男・雨女」には龍神系の自然霊がついているという説もある。対する「晴れ男」「晴れ女」は、稲荷系の自然霊がついているといわれる。

雨の魚　あめのうお

琵琶湖にのみ生息する固有亜種で「琵琶鱒」の異称。産卵期には大雨の日に群れをなして河川を遡上することから、この名前で呼ばれるようになった。

雨鱒　あめます

サケ科サケ亜科イワナ属の魚で、大きな違いは海と川を行き来すること。「雨」の名の由来は諸説あり、雨が降ると川を遡上する姿が多く見られることや、雨の日によく釣れ、また雨が降ると増えるといわれることから「雨に増す」ともいわれる。

雨女魚　あまご

サツキマスの異称。雨の多い梅雨や初夏によく釣れるため「雨子」「雨魚」「天魚」といわれている。また、美味しい意味での甘い魚から「甘子」とも書く。

雨波貝　うばがい

二枚貝で、見た目が汚れているように見えることから、老女の髪を思わせる「姥貝」が元の名前だったのではといわれている。「北寄貝」ともいう。

雨久花　みずあおい

ミズアオイ科の一年草。沼地に自生。ハート型の葉に紫色の花をつける。「水葵」「浮薔」とも書く。

載らないことば

――辞書には、載っていない〝ことば〟がある。

宮川町に住んでいた頃、事務所を兼ねていたこともあり、
打ち合わせの後、お見送りがてら花街の石畳を歩くことがあった。
そんな時間が貴重だったのだと、今、かみしめている。
知的な先輩方は、私にとてもたくさんのことを教えてくださった。
夜の花街は、格子越しに、遠く、華やかな音が聞こえてくる。

――大好きな時間だ。

同じ音を聞いていたのだろう。ふと、その方が
「こういう、舞妓さんの声とか、三味線の音が聞こえてくるのを
〝もらい音〟っていうねんて」と笑顔で教えてくださった。
その綺麗なことばが忘れられず、今も似た場面に出会うとこの話をしてしまう。
この〝もらい音〟は、花街に住む方たち、
「お母さん」「お姉さん」「地方(じかた)さん」「芸妓さん」「舞妓さん」たちが使う
廓(くるわ)の中のことば、なのだ。
きっと、廓(くるわ)の中では、まだまだ私たちの知らない〝ことば〟が
飛び交っているのだろう。
思いを馳せながら、石畳の街を歩いている。

たとえ雨

「日本人は、たとえが上手だ」などと私がいうのは烏滸がましいが、
外国の人たちよりもロマンチストだったのかもしれない。
どこまでも広がる想像力と
五感のすべてを使ってできた言葉ばかりなのだ。

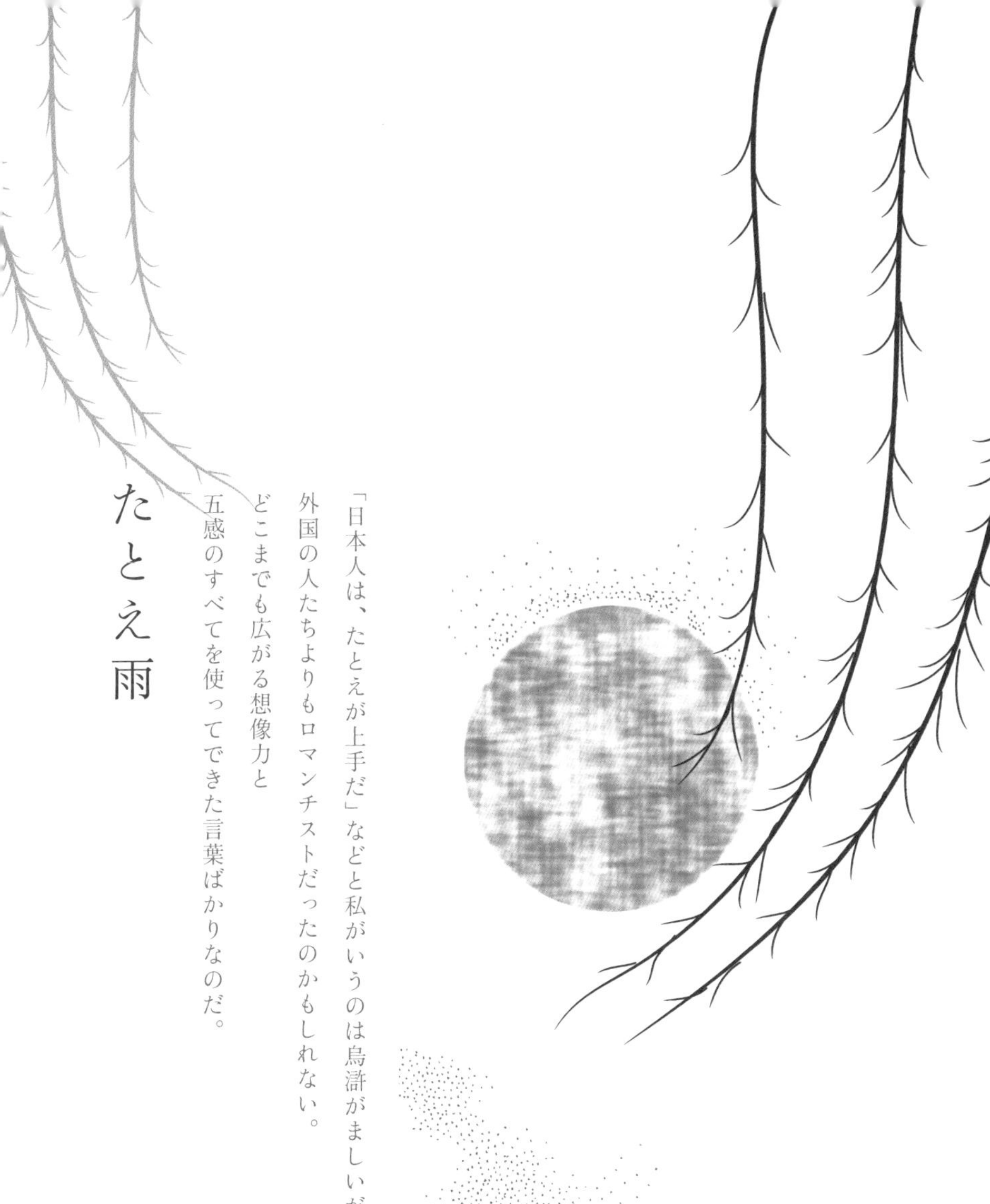

たとえ雨

涙雨　なみだあめ・るいう

涙ほどの少しの雨のこと。また、悲しみの涙が降るように感じられる雨。葬儀などに降る雨をたとえることもある。

こぼれ雨　こぼれあめ

パラパラと雲からこぼれ落ちるように降って、その後すぐ止んでしまう、いたずらのような雨のこと。

漫ろ雨　そぞろあめ

思いがけず降り出す雨。小降りだが、なんとなく降り続く雨のこと。

風の実　かぜのみ

風まじりに降る小雨。雨を、風から生まれたものと見立てているのが、可愛らしい表現だと思う。愛知県知多地方の言葉。

こし雨　こしあめ

いつまでも降り続く雨。または、シトシトと降る小雨のこと。

雨霧　あまぎり

細かい雨のような霧。「霧雨」は、霧のように細かい雨のこと。

繁吹き雨　しぶきあめ

しぶきのような雨。雨風が激しく吹きつけて降る雨。

袖笠雨　そでがさあめ

袖を笠（かさ）にしてしのげるほどのわずかな雨。

肘笠雨　ひじがさあめ

にわか雨のこと。急に降ってくるので笠をかぶる間もなく肘を頭上にかざして雨をしのぐことから。

迅雨　じんう

急に強く降り出した雨のこと。「迅」には、「迅速に」などの「進み方が速い」「速度が速い」や、「激しい」という意味がある。

篠突く雨　しのつくあめ

地面を叩きつけるように降る大雨のこと。篠竹を束ねて突き下ろすかのように見えるくらい強く降る雨の様子。

快雨　かいう

日照りの後に勢いよく降るさっぱりと気持ちのよい雨。「快」は「はやい」の意味もある。「急雨」ともいう。

霖々　りんりん

降り止まない雨の様子をいう。「霖」一字で「ながあめ」と読む。これを重ねることで更に降り続く雨になる。

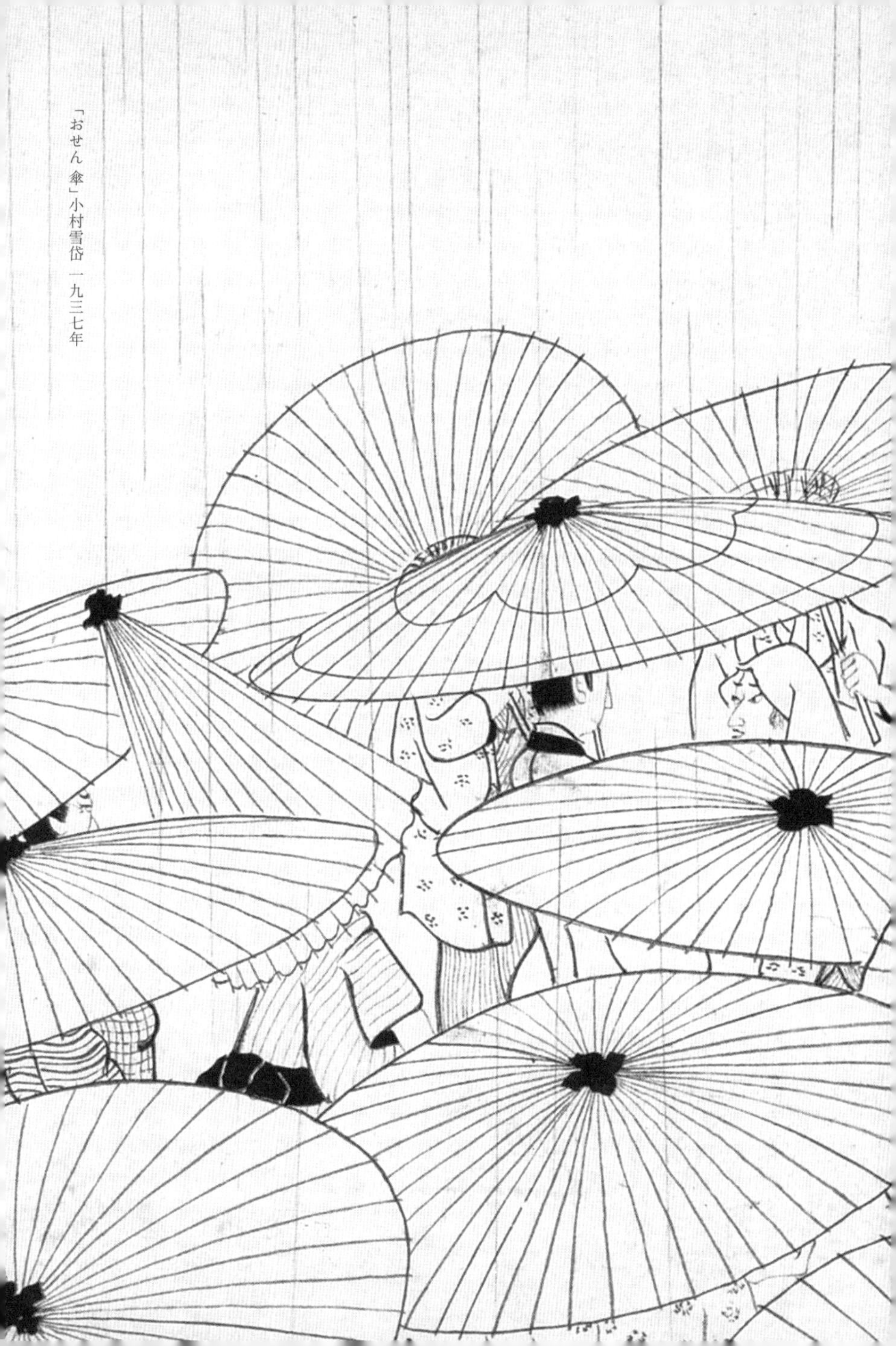

「おせん傘」小村雪岱 一九三七年

川音の時雨
かわとのしぐれ

川の流れる音を時雨の降る音に、たとえた言葉。

星雨
せいう

流星が多く流れる様子を天界の雨のようにたとえた言葉。「流星雨」ともいう。

雨上がりのあひる
あめあがりのあひる

雨に濡れたあとのアヒルの姿から、容姿の美しくないことをいう。また、お尻を大きく振って歩く人のこと、という説もある。

霎雨
しょうう

「ひと降りの小雨」「通り雨」のこと。「霎」一文字で「こさめ」と読む。「短い時間」という意味も含まれる。また、七十二候の後半にある「霎時施」は「こさめときどきふる」と読むが、いずれも平仮名になると、文字の間に時間を感じるように思う。

虫時雨
むししぐれ

たくさんの虫が鳴く声を時雨の音にたとえた言葉。

蝉時雨
せみしぐれ

たくさんの蝉が天から響くように、一斉に鳴きたてる声を時雨の降る音に見立てた言葉。

雨降花　あめふりばな

摘むと雨が降るといわれている花の総称。一輪草、狐の牡丹、擬宝珠（ぎぼうし）、苔竜胆（こけりんどう）、白詰草（しろつめくさ）、昼顔、蛍袋（ほたるぶくろ）などがあげられている。昼顔には「天気花」の名があり、この場合は「晴天の花」となる。

雨降草　あめふりぐさ

ヒルガオの異称。薬用植物として、乾燥したものは旋花（せんか）という生薬になる。「雨降花」の一つ、「昼顔」は「日照り花」「雷花（かみなりばな）」「天気花（てんきばな）」の異称も持つ。

降りくらむ　ふりくらむ

雨雲が低く垂れ込めて、辺りが暗くなること。

降りしらむ　ふりしらむ

雨や雪が降っているのに、辺りが明るんで見えること。雪の日の薄明るい夜空は見上げると灰紫だった。雨の夜は山の影の向こうから街灯りを反射していたのか、灰黄色に見えた。小さい頃見上げた雨夜の空は、この言葉が似合うように思う。

瞋怒雨　しんどう

空が一転して暗くなり、雷とともに降ってくる雨。「瞋」には「怒り」の意味がある。

恒雨　こうう

一定時間、変わらずに降り続く雨。「恒」は「一定」という意味を持つ。

衆雨　しゅうう

長雨。「衆」の字に「多い」「集まる」という意味があることから、雨が多いことをたとえているのだろうか。

盆雨　ぼんう

まさにお盆をひっくり返したように短時間に大量に降る雨。また「盆の雨」とは、お盆の頃に降る、にわか雨のこと。

深雨　しんう

激しく降る雨。「大雨」「甚雨」と同意。「深」という漢字の意味、はなはだしい、濃い、などから量の凄さをたとえているのか。

発火雨　はっかう

桃の花の咲く頃、やわらかく静かに降る雨。咲きほこった桃の花に降り注ぐ雨が、火を発したように見えることからこの名がついたといわれる。「桃花雨」「杏花雨」ともいう。

牛脊雨　ぎゅうせきう

はっきりと境界を分けて降る雨のことを牛の背でたとえた言葉。牛の背の一方は雨、片側は日が差しているということ。また馬でたとえた「夕立は馬の背を分けて降る」というたとえもある。

外待雨　ほまちあめ

局地的な範囲にだけ降る雨。「帆待」とも書き、船頭が不正に荷物を運送し収入を得ること。「外持」とは、農民が領主に内密で収入を得ること。また一定外の収入、へそくりのこと。

私雨　わたくしあめ

限られた地域にだけ降るにわか雨。また山の麓は晴れているのに山頂だけ降る雨のこと。「片雨（へんう）」「我儘雨（わがままあめ）」ともいう。

雨風　あめかぜ

雨を伴って吹く風のこと。また、「酒も菓子も好むこと」のたとえ。これは江戸末期の上方落語で、酒を水、餅を風にたとえて仕込まれたことから。

友風子雨　ゆうふうしう

「風を友とし、雨を子とする」という意味で、雲のことをいう。世界の国々にあるよく似た〝なぞなぞ〟に「雲は私の母で風が父、川は娘です。私がいないときは人間たちは私を探しますが、多すぎると嫌われます」とあり、答えは「雨」だという。

雨風食堂　あめかぜしょくどう

菓子・飯・酒・めん類など、様々な飲食物を扱っている食堂のこと。「雨風」のたとえから進化した言葉なのだろうか。

空に三つ廊下　そらにみつろうか

天気が安定しないことを粋にたとえた言葉。「降ろうか」「照ろうか」「曇ろうか」の三つの「ろうか」を「廊下」に掛けている。

五感の雨

「ひと」の持っている感覚には、周知のとおり、
「五感」というものがある。
視覚、聴覚、味覚、嗅覚、触覚、
そんな雨の言葉を集めてみた。

みえる

視

見えぬ雨　みえぬあめ

見えないほど細かい煙のような雨。光の加減で雨脚がまるで見えないこともある。

視界内降雨　しかいないこうう

上空は晴れているが、遠くの方で雨が降っているのが見える現象のことをいう。あえていうなら「見える雨」。

佳雨　かう

よき雨。ほどよいときに降る雨。「佳」には、優れてよい、めでたい。美しいなどの意味が含まれている。

柳の雨　やなぎのあめ

柳に降りかかる雨。柳は水分の多い土壌を好み、川岸や湿地などに生え、雨とは縁が深い。昔から川沿いの怖い話の背景には欠かせないが、見た目とは違い「陽」の気を持っており、古くから柳は生命力に満ち、春一番に芽ぶくため、正月には餅花をつけたり、長寿や繁栄の呪い（まじない）に使用されている。

雨窓　うそう

雨の降る様子を映す窓辺。また、窓に降りかかる雨を「窓雨」と呼ぶが、どこまでも想像は尽きない。

雨景色　あまげしき

雨の降っている風景。雨中の景色。また、雨の降りそうな気配のことをいう。

雨雫　あめしずく

雨のしずく。したたり落ちる雨粒のことをいう。また、涙を流して泣くさまのたとえ。

雨嶂　うしょう

雨に降りこめられて連なる山々。雨が降りかかる峰々。新幹線から見える灰青色の山々は、このことをいうのだろうか。

雨模様　あまもよう

雨が降り出しそうな空の様子。元型の「雨催い（あまもよい）」の「催す」から「模様」に変化した言葉。

雨礫　あめつぶて

小石が飛んでくるように激しく降る大粒の雨。「礫（つぶて）」は小石のこと。

雨絣　あまがすり

絣文様の一つで、経糸にのみ絣糸をずらして織り入れること。不規則に見える直線が雨に見立てられ、この名がついた。「雨縞」ともいう。

おと

梅のつぶやき　うめのつぶやき

梅雨の雨音を優しく表現した言葉。小雨がシトシト降ることを「つぶやき」というのも綺麗な表現だ。

静雨　せいう

静かに降る雨のこと。ほとんど聞こえないであろう音に耳を澄ませて、雨の気配を感じる一日も、楽しい時間だと思う。

雨音　あまおと

雨の降る音。「雨の声」ともいう。日本にはこのように、雨の音を言葉で表したり、雨を線で表現した浮世絵など、繊細で独特な感覚がある。

雨嘯　うしょう

雨に濡れながら歌うこと。「嘯」は、うそぶく、口笛のこと。「雨に唄えば」の映画のワンシーンが頭に浮かぶ。

雨を聴く　あめをきく

雨音に耳を傾けること。雨音を聴いて、今まで気づかなかった雨の日の街の音、足音を聴いて何か発見することができたら貴重な時間になりそうだ。

雨打　うだ・あまうち

雨が打つこと。また、打たれること。「雨打際」の略で、軒から落ちる雨だれが当たる所という意味もある。「ゆた」と読む場合は、仏塔などの軒下壁面に取り付けた庇(ひさし)状の構造物、裳階(もこし)のことをいう。

小糠雨　こぬかあめ

糠(ぬか)のように細かい雨。傘をさしても音がしないほど静かに降る雨のこと。

蕗の雨　ふきのあめ

蕗の葉に降る雨。「バラバラ」という音が聞こえてきそうだ。

竹雨　ちくう

竹林に降る雨。まっすぐな竹の並ぶ姿に、雨の縦縞がよく映えるが、その静けさもまた、美しい。竹の隙間を雨の線が埋めながら薮の奥に入っていく、奥行を感じる音が聞こえそうだ。

かおり

雨香　うこう

花の香りを含んで降る雨のこと。花の香りだけでなくとも「雨の匂い」*は、森の香りを含んだり、土やアスファルト、また同じ水なのに、海や湖の香りもする。

香雨　こうう

よい香りのする雨。雨の美称として使うこともある。「美称」とは褒めるときに使う言葉で、雪なら「美雪」、酒なら「美禄」など。私的ではあるが「美雨」などの言葉があっても似合いそうだ。

雨の匂い*

五十年以上前に科学的に解明され、ネイチャー誌で発表されていた。ギリシャ語で「石のエッセンス」を意味する名前がつけられていた。さらに遡ると、古代ギリシャの哲学者、アリストテレスは、この雨の匂いを「虹の匂い」と呼んだそうだ。夢のある名前。

あじ

甘露の雨　かんろのあめ

「甘露」とは、不老不死の霊薬で中国の古い伝説に出てくる。王者の徳を天が愛でて降らせるという甘い霊薬のこと。仁政の吉兆として降るといわれるありがたい雨。日本に昔からある「甘露飴」は、これらの意味も含むのだろうか、懐かしい味が蘇る。

苦雨　くう

人を苦しませるほど、何日も降り続いている雨。苦痛というよりは、苦い思いと苦い味がたっぷり入っていそうな名前。

黄身時雨とは

上生菓子。白餡に卵黄と砂糖を混ぜて練り、みじん粉を加え、白餡を抱かせて蒸したもの。そぼろは物がほろほろになった状態であり、そのさまをしぐれる雨に見立てたとされる。

甘雨　かんう

草木を育てる春の雨。恵みの雨のことをこう呼ぶ。意味合いからの漢字とはいえ、見るだけで甘い味が広がりそうだ。きっと草木にとっても優しい甘い雨なのだろう。

さわる

冷雨　れいう、ひさめ

晩秋に降る冷たい雨のこと。この雨が降ると、実際の気温よりも寒く感じられる。

雨冷え　あめびえ

雨が降って冷え込むこと。秋の季語。梅雨どきの冷え込みは「梅雨寒（つゆざむ）」という。

凄雨　せいう

ぞっとするほど寒い雨。凄まじくぞっとするという意味が文字に含まれる。風が強く、激しく降る雨。

そして、

六感

遣らずの雨
やらずのあめ

客や恋人が帰る頃になると、引き留めるかのように降り出す雨のこと。帰宅できないくらい激しく降る雨。

留客雨
りゅうかくう

客が帰ろうとするのを止めるかのように降り出す雨。「遣らずの雨」と同意。

霊雨
れいう

降るべきときに降る、よい雨。「佳雨」と同意。また、不可思議な雨のこともいう。「霊」の旧字体は「靈」。「巫」は、「巫女(みこ)」のことで、神に仕える祈禱師を表すため、神に祈って雨を降らせる「雨乞い」を意味するとの説もある。

わからない
味と
匂いと

まだ幼稚園にも行かない頃だろうか
必ず漂ってくる「何か」がある。
味なのか匂いなのか、わからない。
ある夢の前に漂う
どこで感じているのか、どこから来るのかわからない。
おそらく「何か」が近づくとき、
「甘い、だるい、酸味を帯びた不愉快な感覚」が広がるのだ。
口ではない、鼻でもない。
夢の中の私に異変が起こる。
たくさんの僧侶が私を連れて行こうとする。
どこへ？　私が聞きたい。頭の中にうるさいほど響くお経。
父にしがみつくことしかできない。
「骨の髄」という言葉を、まだ知らない歳の頃、
背骨の奥、中の方が気持ち悪いと、よく母に愬えていたそうだ。
大人になって、ある体験の本から同じ表現を見つけたとき、
あの「味」を思い出した。――自分だけだと思っていた。
あの感覚は「骨の髄」で感じていたのだ。

秋の雨

心も散らせてしまう冷たい雨。
雨の粒が小さなせいか、霧のように、雲のように。
何かを庇うように、隠してくれる。
高くなった空まで、隠してしまう。

秋の気配

秋雨　あきさめ

秋の冷たい雨。よく耳にする「秋雨前線」のせいか東日本に比較的よく降る雨。「すすき梅雨」ともいう。

秋霖雨　あきりんう・あきづゆ

秋の初め頃に三日以上降り続く雨。「霖」は長雨という意味。

秋微雨　あきこさめ

秋に降る細雨のこと。「微雨」は霧のように煙るこまかい雨。景色までも湿った空気を感じさせるが、この頃の山を見ると、つやつやして、空気が透明になり、冬に向かう気配がする。

秋湿り　あきじめり

秋の長雨。秋霧のために冷たく、また、長雨で冷えて湿りがちなこと。

秋驟雨　あきしゅうう

秋のにわか雨のこと。「驟雨」は夕立のことも指すが、夏ではなく秋に突然降ってくる。晩秋の通り雨、ぴったりな素敵な言葉だ。

秋黴雨　あきついり

梅雨のように降り続く秋の長雨。「秋入梅（あきついり）」とも書く。梅雨前線とは逆に、日本列島を北から南へと移動するのが特徴。「秋霖雨」と同意。

霧時雨　きりしぐれ

時雨が降るように深くたちこめる霧。時雨が通り過ぎたあとのように、あたり一面に露が降りている状態になること。

露時雨　つゆしぐれ

露と時雨のこと。また、草木に降りた露がこぼれ落ち、時雨が降りかかったようになることを見立てた言葉。

鷹渡り　たかわたり

宮崎県東諸県郡で、鷹が南へ渡るという九月末頃の長雨をいう。

通草腐らし　あけびくさらし

秋の長雨が通草（あけび）の実を腐らせてしまうことから、その名がついた。肉厚の実のため、雨にあたると腐りやすい。

黄雀雨　こうじゃくう

「黄雀」はスズメのこと。中国の伝説では、この頃海の魚が地上の黄雀になるといわれた。陰暦五月の説と、陰暦九月に降る雨の説がある。

弁天さま

其の一

京都五花街の一つ、宮川町にある「裏具」は、私の所属するデザイン事務所が営む、オリジナルの紙文具店だ。裏の坪庭には、少し大きめの弁天さまの祠がある。

フリーのデザイナーだった頃、古い建物が好きな私は町家を探していた。町家人気が高まり始めた頃で、なかなかよい出会いがなく諦めかけていたとき、ファクスが届いた。ざっくりとした手書きの見取り図の隅にマジックで「鳥居の印」が描かれていた。不思議な間取りが気になり、急ぎ、見に行った場所は、花街、宮川町の真ん中あたりの路地奥だった。

第一印象で「なんだか凛としている」とつぶやいた。

前住者は、芸妓さんだったという。

複雑な間取、端々の装飾に込められた粋なはからいや、建具の繊細さに「一目惚れ」してしまった。

信心深い母に「祠」のことを相談し、宮川町を案内すると「懐かしいなあ」という。

「私、本当はこの街で生まれたんえ」……初耳だった。

色々な意味で驚いたが、これがご縁の始まりだったのか、既に始まっていたのかは、未だわからない。

弁天さま
其の二

信心深い母には、何かあると相談してきた不思議なご婦人がいる。
母はこの方に「祠」のことを聞いてくれた。
「空っぽ……。弁天さんがいはったけど、芸妓さんについて出ていかはった」
「え、ではこの祠は、どうしたら良いですか？」
「神さんに頼んでみよか。入ってくれはるかは、わからへんけど……」
もうこの会話も、おかしいと思うのだが、このときは真剣だった。
この御高齢の不思議なご婦人は多くの経験を積まれ、神様に御仕えする人だった。
宗教でもなく、お金を取ることもない方だ。
数日後、必要な神具と「御霊入」という小さな箱を半紙に包み、
緊張した面持ちで、母と姉、私の三人は再びその宮川町の庭に降り立った。
そう、神様は「御霊入」に入ってくださったのだ。
儀式中、声を出してはいけない。
祠の小さな扉を開け、古い「御霊入」と入れ替える。
慎重に取り出した小さな箱に、達筆な文字が書かれていた。
大正元年九月一日、なんと九十年前の同じ日だった！
おしゃべりな三人が、顔を見合わせ、興奮を抑えるのをどれだけ我慢しただろう。
このあと幾度となく、不思議なことが私の周りで起こった――。

「祠」の儀式から十年後、母は体調を崩し、私が代理で参加した集まりがあった。
大勢の人をかき分け、遠くから知らない女性がまっすぐ私に近づいてくる。
「あなた、お家に神様をお祀りしていない？」
突然すぎて、「いいえ！」といいそうだった。いや、いったと思う。
女性は宙を見ながら、私の手を握り、片方の手は指で長方形を描いている。
そして、「ここ！　ここに黒龍さん！」と叫んだ。
実際、その女性の指さした場所には「黒龍」という植物を植えていて
「あ、はい。そこに黒龍さん植えてます」今思えば、間の抜けた返事だが
女性は初対面、我が家のある宮川町の場所も敷地も知るはずがない。
「違うのよ！　黒い龍が土の中に眠っておられるの。居心地がいいって！」
神様の名前は「黒光弁財天」様なのだ。
「芸ごとの神様」といわれる弁天さまとのご縁は、
私の職業にとって、とてもありがたい存在だ。
毎日手を合わせ、話しかけることで気がつくことがたくさんある。
そう、本当の自分と向き合う「鏡」になっていること。
そして、やはり「雨」にご縁があったのだ。

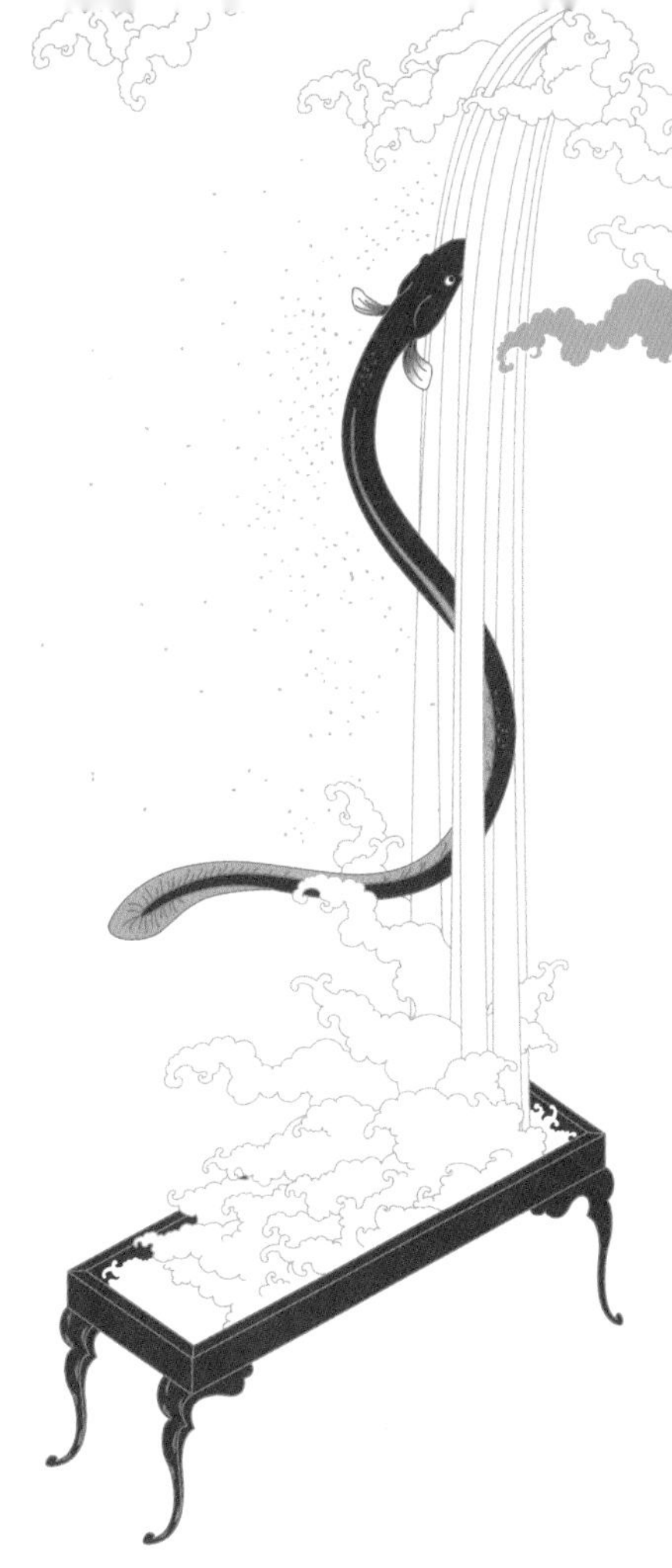

恵みの雨

催す雨、咲かせる雨。
散らせる雨、流す雨、消す雨、送る雨。
こんな捉え方をするのも日本人の感性、
作物や草木のために
ほどよく降ってほしい想いが、込められている。

恵みの雨

慈雨　じう

万物を潤し、生気をもたらし、育てる雨。日照り続きのときに降ってくれる恵みの雨で「干天の慈雨」と呼ばれている。「樹雨」ともいう。

雨沢　うたく

人々や万物に潤いと恵みを与える雨の恵み。「沢」は、潤う、めぐみの意。「天子の恩沢」のたとえでもある。

和雨　わう

人にも作物にもよい雨。「和」には、やわらぐ、なごむという意味が含まれる。

錦雨　きんう

青葉をより艶やかに映えさせてくれる初夏の雨。日照り続きの後にようやく降る恵みの雨。「錦」は、彩りが美しいこと、また金糸や銀糸を使って織った美しく高価なものの意味を持ち、ありがたいという気持ちからも名付けられたのだろう。

雨露　うろ

雨と露。地上のすべてのものを潤すところから、広大な恵み「雨露の恩」という。身近な道具のジョウロは「如雨露」と書く。「雨露の如し・露の如し」からきているという。

乾元　けんげん

雨の異称。空のこと。「乾」は天を指し、「乾元」は天の道を表す。二文字で自然界万物のめぐりのことをいうが、これらが滞ると生命は存在しなくなるのだろう。命の源の「水」は、水蒸気が空に昇り雲に、それが雨となって大地に落ち、海に注がれ、また雲に昇ることが繰り返されている。大きな水の循環のこと。

養花雨　ようかう

春に咲き誇る様々な花たちに養分を与えるように降る雨のこと。この頃の不安定な天候のことを「養花天（ようかてん）」という。同じ頃の天候にある「花雲り」は、桜の花が咲く頃の薄曇りの天候で、この時期の曇りがちな薄明るい日のことをいう。

こころの雨

「こころを止めて」と、自分に言い聞かせることがある。
ほとんどが、消化できないくらいに悔しいときや悲しいときだ。
こころを「無」にすると、目に映る景色も変わる。
「雨」が心の鏡となったとき、様々な呼び名が生まれるのだろう。

こころの雨

袖の雨　そでのあめ

着物の袖をぬらす涙。「袖に降る雨」は、涙で袖がぬれるであろう悲しみを遠まわしに表現した言葉。また「袖時雨」ともいう。

夜雨　よさめ・やう

夜に降る雨のこと。雨の夜の独特の魅力を「夜雨の奇」という。夜雨の闇の中で、この世のものばかりではない物語が潜んでいそうだ。

愁雨　しゅうう

人の心に愁いを感じさせる雨。わびしさを運ぶ、秋から冬にかけて降る雨。

空に知られぬ村時雨　そらにしられぬむらしぐれ

急に流れた涙のことを、「村時雨」にたとえた言葉。時雨の中でもとくに「村時雨」は、ひとしきり強く降って通り過ぎていく雨のこと。粋な照れ隠し。

雨詩を催す　あめしをもよおす

雨が詩的な情景を作り出すことで、詩を詠みたくなるような気持ちを誘うこと。

蕭雨　しょうう

シトシトと、音もかすかに降り続く淋しい秋雨のこと。「蕭（しょう）」はもの淋しいの意。

雲雨心　うんうのこころ

雲をよび、雨を降らそうとする心。また、龍は雲雨に乗じて天に昇ると考えられていたことから、事業を成功させる機会のことをいう。

喜雨　きう

長く続いた日照りのあとに降る、喜びの雨。

愛雨　あいう

雨を好むこと。自然の循環の中で重要な役割を果たしている雨、出かけるときは少し嫌われがちだが、雨の日を楽しむ人も素敵だと思う。

彼岸花。
この名を嫌う人は多い。
多くの名を持つ
この花に
たまらなく惹かれる。
美しいのだ。
思わず足を踏み入れる。
妖艶な美女になり
優雅に歩く。
この中に逃げ込んで
浄化してもらう。
人は、そんなに強くない。
心を映して遊ぶこと
この花に
たくさんの
名がついたのは
必要だったからなのだろう。

あいまいに

風が、にじみます
さかいめが
見えないように
雨が、にじみます
さかいめが
見つからないように
空と雲が
みずうみにおちて
つめたい、風がふく前の
あいまいな、空は
毎日の
それぞれの想いも
にじませてしまうのでしょう

雨のじかん

一日の中で
刻々と変わっていく、雨の名前たち。
文字と向き合うだけで、
気持ちは天に向かう。
雨が降ることで、生まれる時間もあるのだ。

雨のじかん

宵闇とは

月が出なくて暗いこと。またその時間のことをいう。

暮雨 ぼう

暮れ方の雨のこと。字面と、言葉の響きが美しい。

宵の雨 よいのあめ

日が暮れて間もないときに降る雨。「宵」とは日没後一時間ほどのこと。

夜上がり よあがり

夜になって雨が上がること。山口県地方の言葉。この降り止みは長続きせず、またすぐに降り出すため「夜上がり天気雨近し」ということわざもある。

夜半の雨 よわのあめ

夜中に降る雨。「夜半」は、夜中、夜の半ばのこと。「夜雨」に比べて、雨の降る時間の範囲は少し狭まる。

昨夜の雨 よべのあめ

前日の夜に降った雨のこと。朝の景色の透明感に気づき、見渡すと、草木が濡れていたり、水たまりができていたり、過ぎた雨の時間も美しい。

朝雨　あさあめ・あささめ

朝に降り出す雨。小雨が多く、朝のうちに降り出した雨はすぐに上がるため「朝雨に傘いらず」「朝雨、馬に鞍置け」などのことわざがある。「暁雨（ぎょうう）」ともいう。

昼雨　ちゅうう

昼間に降る雨のこと。

宿雨　しゅくう

連日降り続く雨。また、前日の夜から降り続く雨のこともいう。

七つ下がりの雨　ななつさがりのあめ

「七つ下がり」とは午後四時過ぎのこと。この頃に降り始める雨はなかなか止まないことから、「七つ下がりの雨と四十過ぎの道楽はやまぬ」ということわざがある。

丑雨　うしあめ

丑の刻頃に降り出した雨のこと。

雨の予感から

雨近し　あめちかし

すぐにでも雨が降ってきそうな様子。「雲が北西に流れると雨近し」ということわざがあるように、雲や風の動きで雨が降ることを察知していたのだろう。

雨裏　うり

雨の降っている最中のこと。「雨中」ともいう。「すべての物の内側」を意味する「裏」から「雨の内側」「雨の中」という意味になるのだろう。

雨去　うきょ

雨が過ぎ去り、止むこと。

雨意　うい

雨の降りそうな気配や、空模様のことをいう。同意語に「雨模様」「雨気」「雨気配」などがある。

残雨　ざんう

なごりの雨。雨が上がった後、まだパラパラと降る雨のこと。

雨のじかんより

時間に関する雨の言葉には、ことわざがたくさんある。現代も参考になるのは観察力の違いだけではない気がする。

卯の雨　うのあめ

早朝に降り出す雨。「子は長し。丑は一日、寅は半、卯は一時」といわれ、すぐに止む雨とされている。

久雨　きゅうう

降り続く雨のこと。久しく降ると書くが、時間が長く降る雨のことで、何日間も続く雨ではない。

雨止み　あまやみ

雨が一旦降り止むこと。「雨のやみ間」ともいう。また「雨の止むのを待つ」「雨宿り」という意味もある。

月をまたぐ雨

騎月雨　きげつう

月をまたいで降る雨のこと。「騎」は、またがるという意味を持つ。

過月雨　かげつう

月をまたぎ、さらに月を過ぎても降る、二ヶ月に及ぶ雨のこと。

交月雨　こうげつう

「騎月雨」「過月雨」より長く、月から月を越えて降る雨のことをいう。

白虹　はっこう

霧や、糠雨などのときみられる白色に見える虹。また、「月虹」のことをいう。

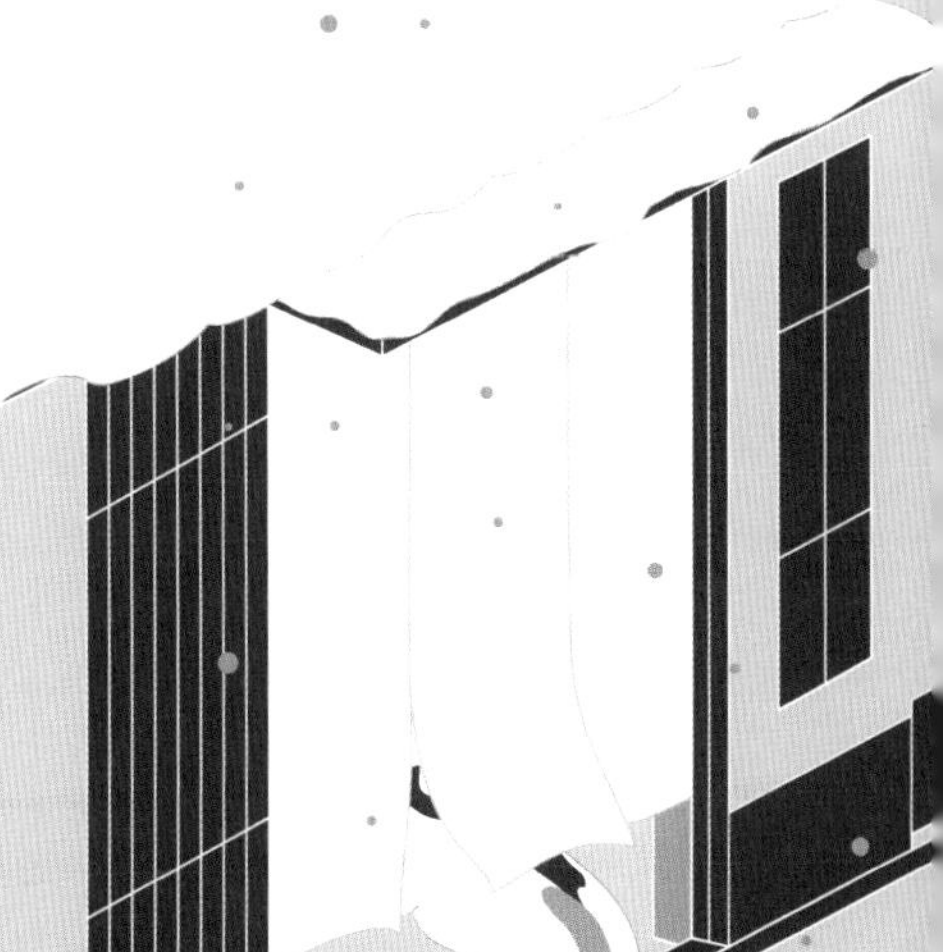

冬の雨

冬の雨は、美しい姿で地上に止まってくれることが多い。
雨と、霙、雹、雪の境目はどこにあるのだろう。
気になるままに、空から降りてくるカタチを見ていた。
冬の空は、透明な日も鈍色の日も遠いところにある気がする。

冬の気配

冬雨　とうう

冬期に降る、寒々しく冷たい雨。「寒雨」ともいう。

凍雨　とうう

透明な氷の粒が雨のように降ること。上空で雪が解けて地上付近で再び凍ったものとされる。

氷の雨　ひのあめ

「霰（あられ）」、「雹（ひょう）」のこと。雲の中で水分が凍ってから降ってくる、氷の粒状のもので、直径が五ミリ未満のものを「霰」、五ミリ以上を「雹」という。「雪霰」は雪、「氷霰」は雨に含まれる。また「霰」の漢字は、固まって散らばる雨を意味する。

雨氷　うひょう

樹木などが透明な氷で覆われる現象。氷点下でも、氷にならず水の状態（過冷却状態）の霧雨または雨が、地面や樹木にあたって凍結した、均質で透明な氷層のこと。

冬至雨　とうじあめ

冬至に降る雨。「冬至に雪が降れば豊作」という言い伝えもある。

水雪　みずゆき

雨が混じった雪。霙（みぞれ）のこと。新潟県などで呼ばれているが、水分が多く雨に近い雪のわかりやすい名前。

氷雨　ひさめ

冬の凍るように冷たい雨。もとは夏の季語で雹や霰を指す言葉だったが、現在は冬の季語としても使われている。

寒の雨　かんのあめ

「寒」の内（寒の入りから立春の前日まで）に降る雨のこと。冷え込みが強くなると、雪に変わる雨。

運び雨　はこびあめ

晩秋から初冬にかけて降る、時雨や通り雨のこと。通り過ぎるような降り方を、「運ぶ」にたとえた言葉。

霙　みぞれ

雨と雪が混じって降る状態。雨が雪に変わるときや、その逆のときによく見られる。「霙（みぞれ）」という漢字、「英」の草かんむりは植物、「央」は美しく盛んなものという意味から「花びらのように降っているもの」のたとえになる。

雪雨　ゆきあめ

雪の混じった雨のこと。

雨雪　あまゆき・うせつ

雨と雪。また、雪が降ること、雪を降らせること。降る雪のことをいう。

「十一月の雨」鏑木清方 一九五五年 上原美術館蔵

山茶花ちらし さざんかちらし

花の少ない真冬に、美しく咲く山茶花へ降りかかり、散らしてしまうほどの冷たい雨。

寒九の雨 かんくのあめ

寒の入りから九日目に降る雨のこと。この日に雨が降ると、その年は豊作だと言い伝えられている。また、この日に汲んだ水を「寒九の水」といい、その水がとても澄んでいることから、薬になるといわれている。

四温の雨 しおんのあめ

冬の終わり頃、寒い日が三日、暖かい日が四日ほど繰り返されることを「三寒四温」というが、その暖かい日に降る雨のこと。

雪颪 ゆきおろし

上空に強い寒気が流れ込んだとき、激しい風や雷を伴って降る雨で、真冬の到来を告げる。日本海側では晩秋から冬にかけて雷が発生しやすい。地域によっては雪起こしとも呼ばれる。

屡雨　るう・しばあめ

晩秋初冬に断続的に降る雨。にわか雨のこと。「屡」はしばしばという意味を持つ。

入液　にゅうえき

時雨の季節に入ることをいう。二十四節気の「立冬(十一月七日頃)」から十日目を「入液」とし、「出液」は、「小雪(十一月二十三日頃)」とされている。入液と出液の間に降る雨を「液雨」と呼ぶ。

年末梅雨　ねんまつづゆ

十二月に入ってから四、五日間降ったり止んだりする長雨。梅雨どきのような降り方をするためこう呼ばれる。

液雨　えきう

秋から冬にかけての時雨。この月は「小春」の異称もあるほど穏やかな日が続くことがあり、虫たちは、この暖かな雨を飲んで冬を越すため「薬雨」「薬水」ともいわれる。

解霜雨　かいそうう

蕎麦の実ができる頃、初冬の山間部に降りる霜から守ってくれる雨。霜が降りると地面や作物の表面に氷の結晶が付き、作物が枯れてしまうが、雨が降ると霜がつかないことからこの名がついた。

夕

ユフサラズ

風が、細くなりました
ひかりの、粒が小さくなりました
少しだけ過ぎる
季節に気がついて
深く、深く息をととのえます
少しだけはやい
闇に気がついて
ながく、ながく背伸びします
透明な
月のチカラ、が凍る前に
切れるほど
細い風、が吹く前に

ユフサラズとは
古語で「夕方ごとに」の意。

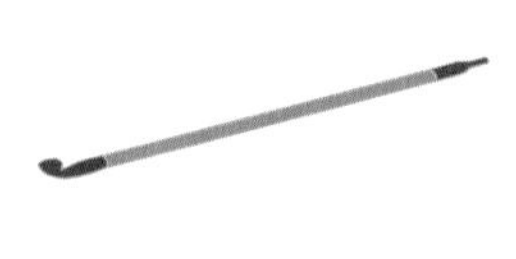

時知る雨

時雨とは冬の雨の名前かと思っていたが
それだけではなく、
「見立ての雨」も時雨なのだ。
古語の「時知る雨」という名に、心を奪われてしまった。

時知る雨

時知る雨　ときしるあめ

秋冬の雨、時雨を指す古語。「時知る」は、わきまえた時節だけ降る雨。「時の雨」「時の間の雨」ともいう。

小夜時雨　さよしぐれ

夜に降る時雨のこと。小夜の「サ」は接頭語で、語調を整える。「夜の時雨」ともいう。

めぐる時雨　めぐるしぐれ

「山廻り」をするように降る時雨。山向こうに時雨を降らせた雲が、山越えして、時雨を降らせること。盆地に多く、ことに京都のような地形にしばしば見られる。

ほろ時雨　ほろしぐれ

晩秋から初冬にかけて、パラパラと、わずかな時間降る時雨。

山茶花時雨　さざんかしぐれ

山茶花の咲く頃に降る時雨のこと。花が少ない真冬に、紅い花を咲かせる山茶花は、美しいだけでなく、強さも感じさせる花。

梅時雨　うめしぐれ

鹿児島県での、梅雨の呼び名。

花時雨　はなしぐれ

桜が咲く頃、しぐれるように降る冷たい雨。さっと降って、すぐに上がる雨のこと。「時雨」は冬の季語のため、春咲く「花」をつけて「花時雨」とした。

朝時雨　あさしぐれ

朝に降る時雨。時雨は晩秋から冬にかけて、少時間降る急雨だが、朝と夕方に多いので「朝時雨」「夕時雨」がある。

春時雨　はるしぐれ

春に降ったり止んだり、時雨のような降り方をする気まぐれな春の雨。雷を伴うこともあり、これを「春雷」という。気温がゆるやかになった早朝、地面から響いてくるような春雷の音を聞くと、厳かな春の訪れの儀式のように感じる。「時雨」は冬の季語だが、「夏時雨」「秋時雨」「冬時雨」もある。

十月時雨 かんなづきしぐれ

陰暦十月に降る時雨のこと。十月の異称は「神無月*」と書き、この月は、全国の神々が出雲大社に集まって会議をするのだという。

片時雨 かたしぐれ

空の一方で、時雨が降っているが、もう一方では晴れていることをいう。

北時雨 きたしぐれ

晩秋から初冬の頃、風を伴い、北の山の方から降ってくる冷たいにわか雨のこと。

北山時雨 きたやましぐれ

京都の北山の方から降ってくる時雨のことをいう。京都独特の気象現象。

横時雨 よこしぐれ

晩秋から初冬にかけて、横殴りに降り、降ったかと思うと、すぐに青空が戻るような時雨のこと。

村時雨 むらしぐれ

時雨の中でも、とくにひとしきり強く降って通り過ぎていく雨のこと。「群時雨」「叢時雨」とも書く。

神無月*

国内の神社が留守になるので「神無しになる月」といわれている。また、この月の出雲では「神在月」と呼び、神々を迎える「神迎祭」に始まり、その後「神在祭」最後に神様を送る「神等去出祭」が行われる。平安時代以降の俗説で、その前は「神の月」と呼ばれるなど、神様が関係している。

偽物の時雨

にせもののしぐれ

本物の雨ではない音や姿を時雨に見立てること。「落ち葉時雨」「木の実時雨」「虫時雨」「蝉時雨」「青葉時雨」「川音の時雨」「松風の時雨」など美しい言葉がたくさんある。また、涙をたとえた「空の時雨」「袖の時雨」なども粋な偽物。

木の葉時雨

このはしぐれ

「木の葉が盛んに散る音」を雨の音に見立てた言葉。「木の葉の雨」ともいう。

青時雨

あおしぐれ

青葉から落ちる水滴を時雨に見立てた言葉。また、青葉の頃に降る時雨のような通り雨。時雨は冬の季語だが、青葉の「青」がつくと、夏の雨を意味する。

木の実時雨

このみしぐれ

実が木から落ちる様子を時雨に見立てた。「木の葉時雨」と同意。また「木の実の時雨」は木の実が落ちる音を時雨にたとえた言葉。

「玉の井の雨景」木村荘八『濹東綺譚』より

縞模様のむこうがわ

雲が
いつものそらを 覆います
白イロに
薄イロに

雨が
いつものけしきを 染め抜きます
縞モヨに
渦モヨに

つぎの季に、つなぐ雨
重なるモヨウの、向こう側は
とても魅力的です

雨のもよう

雨を「縞」に見立て、その向こう側の景色を楽しむ旅。
水墨画美術館の庭は、大きなガラス張りだった。
その向こうに見える壮大な庭は、芝生の中に桜の木が一本だけ。
他に何もない。全く飽きない縞模様の桜。土砂降りだった。

ひとすじの雨

猫毛雨

ねこげあめ・ねこんけあめ

こまやかな雨を猫のやわらかい毛に見立てた雨。福岡県地方の言葉。麦の生育に良くない梅雨の雨を指す。佐賀県地方では、小雨。宮崎県地方では、霧雨のことをいう。

糸雨

いとあめ・いとさめ・しう

季節に関係なく、糸を引くような細い雨で、雨滴が見える雨のこと。

糸水

いとみず

軒先から落ちる、細い糸を引くように見える雨垂れのこと。

雨足

うそく・あめあし

白い糸状に見える雨。また雨が降っている状態。降っている雨が移動していく様子。中国から伝わった「雨脚(うきゃく)」が「あまあし」になり、さらに「あめあし」と変化したもの。

毛雨

けあめ

毛のように細かい雨、霧雨のこと。「糸」と「毛」では毛の方が細いということだろうか。

細雨

さいう・こまあめ

細かい雨。霧雨。古語では「さあめ」と読む。

絹の雨　きぬのあめ

雨脚の細さが、「糸雨」より細い雨。絹糸に見立て、さらに細いイメージを表している。「絹雨」「絹糸の雨」ともいう。

万糸雨　ばんしう

春、細くかすかに柔らかい糸を垂らしたように降る雨。無数の細い糸のような春雨が若い草木に降りかかることを言い表したのだろう。

雨筋　あますじ

雨滴がはっきりと糸状に筋を引いて降る雨。筋を引くかどうかは、雨粒の大きさと関係し、霧のような細かい雨粒はほとんど浮遊しているように見え、直径が〇・五ミリ未満。筋を引いて降る雨は、直径が〇・五ミリ以上となる。

雨粒　あまつぶ・あまつび

雨のしずく。雨の一つ一つの水滴のことをいう。「つび」は「つぶ」の古語。

世界で初めて雨を線で表現したのが歌川広重。その影響を受けた欧州の画家は多い。

「大はしあたけの夕立」歌川広重より

「雨の大橋」フィンセント・ファン・ゴッホより

未完成の美

日本に住んでいる私たちは、
夜の静寂の中、月を眺めることを好む人が多いように思う。
新月には空をぐるりと、探して、
満月には麗しい明かりを、浴びて。
遠い昔、平安時代の貴族たちは、池や杯に月を映し、
水面に映った月を見ては和歌を詠み、管弦の宴を催したという。
なかでも、十三夜の月への想いは格別なものではないだろうか。
この言葉と、情景が浮かぶとき、
大森正夫氏の「月待ちの銀閣」の話を思い出す。
銀閣寺の建立は、十三夜に催す観月の宴のために設計されたというのだ。
銀閣が棟上げされた「一四八九年の十三夜の月」の軌道を計算し、
再現されたものを見る機会をいただいた。
午後六時、銀閣の東にある、月待山から昇る月を待つ。
銀閣東側の縁側から見るとほぼ正面、月は錦鏡池に美しく映り、
そして屋根の庇に隠れると、
今度は月を追うように銀閣の二層目にあがり、

花頭窓から池に映るゆっくりと水面を移動する月を眺める。
そして月の見える外回廊を渡りながら、
月を眺めつつ、銀閣の北東の建物に移動し、
銀閣越しの月に照らされながら、
明け方まで宴を楽しむ姿を描いていたのだ。
足利義政は、この銀閣完成を待たずして亡くなってしまう。
しかしそれはまさに、
完成の美しさを想い描く「十三夜の月」そのままに、
永遠の生命を吹き込まれる銀閣として、
義政の中で完成していたのではないかと思う。
大森氏は、この完成形を善しとしない感覚を「未生の美」と称している。
それは月だけに限らず、満たされないものや
未完成な状態のものに心を動かされたり、
美しさを見出す人が当時はたくさんいたのだろう。
このような魅力的な話をしてくださる方に
出会う機会があるのは、とても幸せだと思う。

『京都の空間遺産』(淡交社) 大森正夫著
『銀閣 幻の“月の御殿”』NHK ワンダー×ワンダー
『ザ・プレミアム 絶景にっぽん月の夜』NHK BSプレミアムより

みちくさ

いつもとおなじ道々の
石の
下が気になって
橋の
影が気になって
こんな日は
知らない角を曲がります
こんな日は、
知らない坂を上ります
こんな日に

季節が少し動くのでしょう
空が少し高くなるのでしょう

雨の云われや、ことわざ

「ことわざ」と、あたりまえのように口にしてきた。
「昔の人は――」と、あたりまえのように伝えてきた。
突き詰めると「感」だけではなく、
言葉ができた頃の情報がたくさん詰まっていることがわかる。

雨の云われや、ことわざ

朝虹は雨、夕虹は晴れ
あさにじはあめ、ゆうにじははれ

虹は、太陽と反対方向に現れ、雨雲は西から東に流れることから、「朝虹」は西に雨が降っており、「夕虹」は東に雨が降っている。このことから朝虹はその日、雨になり、夕虹は翌朝に晴れになる確率が高いことをいう。

太陽や月が暈をかぶると雨
たいようやつきがかさをかぶるとあめ

傘ではなく、「暈（かさ）」と書く。太陽や月の周りを淡い光の輪が囲むことがある。これは氷の結晶で出来た薄い雲（絹層雲）に光の屈折や反射がみえる現象。この雲のはるか西には移動性低気圧があり、このため、数日後には雨になる。

星がちらちらすると雨
ほしがちらちらするとあめ

星の光が激しく瞬いて見えるときは、空気の流れや、温度差が激しくなっている状態。前線や低気圧が近づき、大気が不安定となり、星がゆらゆら揺れて見える。このあと曇りや雨になる可能性が高くなる。「薄い雲が北斗七星をおうと三日のうちに雨になる」という言葉もある。

雨落ちれば天に上がらず

あめおちればてんにあがらず

降った雨は天には戻らない。一度冷めた愛情はもとに戻るのが難しいことのたとえ。

夏雨人に雨らす

かうひとにふらす

夏の雨が「涼」をもたらすように、苦しみのさなかにある人を助ける。「恵みの雨」を降らすこと。

朝の雷に川越すな

あさのかみなりにかわこすな

朝雷の怖さを伝えるたとえ。朝から雷が鳴っているということは、近くで集中豪雨が発生しているということ。気軽に出かけると、川の水かさが急に増え、危険だという意味。夏の雷雨は夕方に降る一過性だが、夜や朝の雷は梅雨前線や秋雨前線・台風の豪雨のときが多く、気を付けなければ惨事に繋がる。

飄風は朝を終えず驟雨は日を終えず

ひょうふうはちょうをおえず しゅううはひをおえず

つむじ風（飄風）や、にわか雨（驟雨）は長時間続くことがなく、すぐに通り過ぎてしまうことから、苦しいことは長く続かないというたとえ。類義語に「朝の来ない夜はない」などがある。

朔日雨は三日回り

ついたちぶりはみっかまわり

一日（ついたち）が雨だと、その月は三日ごとに雨が降るといわれている。山口県地方などの言い伝え。

朝雨は女の腕まくり

あさあめはおんなのうでまくり

朝雨は、朝方に降るにわか雨で、すぐに止むため、懸念することはないという意味。女が腕まくりをして怒ってもあまり怖くないとたとえられている。……そうでもないかもしれない。

余所の夕立

よそのゆうだち

余所で降る夕立は、蒸し暑いだけで涼しくもない。他所で起こった事で迷惑や苦痛を受けることのたとえ。

はこべの花が閉じると雨

はこべのはながとじるとあめ

はこべの花は、空気中の水分が増えたり、暗い時に花を閉じるという性質がある。暗いのは曇り空のことで、どちらの環境にあっても雨の降る確率が高いことからできた言葉。

秋の雨が降れば猫の顔が三尺になる

あきのあめがふればねこのかおがさんじゃくになる

秋になると肌寒い日が続くが、秋の雨は南方からの低気圧のせいで暖かいため、寒いのが苦手な猫が三尺も顔を長くして喜ぶということ。

雨晴れて笠を忘れる

あめはれてかさをわすれる

苦しいときが過ぎると、役に立ってくれたカサのことや、感謝の気持ちをすっかり忘れてしまうことのたとえ。

戌亥の夕立と伯母御の牡丹餅は来ぬためし無し

いぬいのゆうだちとおばごのぼたもちはこぬためしなし

北西の方角(戌亥)で降りはじめた雨は、必ず本降りとなってやって来る。伯母が姪や甥をかわいがり、美味しいものを持ってくることを対にしてたとえたもの。

雨のつく四字熟語

多くの言葉は中国の漢詩が元になっていた。

〝漢字ばかり〟には、意味があった。

漢詩の言葉には、賢人からの教えが厳しく伝わり、

日本で生まれた言葉は、優しく情緒的なものが多いように思う。

雨のつく四字熟語

宮澤賢治*
明治二十九年、岩手県花巻生まれ。日本の詩人、童話作家。昭和八年没。代表作『注文の多い料理店』『雨ニモマケズ』『銀河鉄道の夜』『風の又三郎』など。

櫛風沐雨　しっぷうもくう

様々な苦労をすることのたとえ。「櫛風」は風に髪をとかされ、「沐雨」は雨に髪を洗われること。雨や風にさらされながら苦労しても働くという意味。「櫛風浴雨」ともいう。「雨ニモマケズ 風ニモマケズ」の冒頭ではじまる宮澤賢治*を思い出す。

星離雨散　せいりうさん

一箇所にあったものが、バラバラに散らばること。星のように離れ、雨のように散るという意味から。李白の詩より。

雨過天晴　うかてんせい

悪い状況や状態が良いほうに向かうこと。雨が止み、空が晴れて明るくなるという意味。また「天晴」を「天青」とも書き、中国で青磁は皇帝のために作られた特別な器のことをいうが、理想の色を「天青色」と呼ぶ。これは「雨が過ぎ去った後、雲の切れ間から見える空の色」を意味し、「雨過天青雲破処（うかてんせいくもやぶれるところ）」という。

雨奇晴好　うきせいこう

晴れた日は美しく、雨の日は趣きがあり、自然の風景はどれも素晴らしいことをいう。「奇」は普通とは違う趣があるという意味。「晴好雨奇」ともいう。

＊杜甫（とほ）

盛唐の詩人で、李白と並び称せられた、中国詩史上での偉大な詩人。李白の詩仙に対して、杜甫は詩聖と呼ばれる。『雲翻雨覆』は、仕官のため長安に上った杜甫が、試験に及第出来ず、求職のため貴人の家を尋ねたとき、門前払いにあう。その際、創ったといわれる。

磑風春雨

がいふうしょうう

物事の起こる兆し、前触れのたとえ。「磑」は石臼、「春」は臼で穀物などをつくことをいう。羽虫などの群れが石臼を挽くように回って飛ぶときには風が吹き、杵で臼をつくように、上下に飛ぶときは雨が降るといういわれ。

雨後春筍

うごしゅんじゅん

次々と同じようなものが出現、発生すること。雨が降った後に「筍」が次々と生えてくる様子からのたとえ。ちなみに「筍」は、芽が出て十日以内のものを指し、過ぎると竹となる。

雲翻雨覆

うんぽんうふく

世の人の、心や情は、極めて変わり易いというたとえ。「翻」は手のひらを上に向けること。「覆」は手のひらを下に向けること。上に向けると雲が発生し、返すと雨に変わるということから、少しの時間で状況は変わるという意味。杜＊甫の七言絶句に出てくる言葉「手を翻（ひるがえ）せば雲と作（な）り、手を覆（くつがえ）せば雨となる」の略。「雲飜雨覆」とも書く。

揮汗成雨

きかんせいう

ふり払う汗が、雨のように降りかかることのたとえから、人が溢れている様子をいう。

旧雨今雨　きゅううこんう

古い友人と、新しい友人のこと。「雨」と「友」の中国語での発音が似ていることから、友人のことを洒落て表現する言葉。杜甫が病気になり、寝込んでしまった際、いつも自分を訪れる者は古くからの友人で、新しい友人は誰も来ないと嘆いた詩『秋述』が元になっている。

雨露霜雪　うろそうせつ

雨が降って露が降りる、霜が降りて雪が降る。気象状態が様々に変化することから転じ、人生の様々な困難のたとえとなった。

尭風舜雨　ぎょうふうしゅんう

平和で穏やか、天下太平の世のこと。古代中国、伝説の帝王「尭」と「舜」の善政による恩恵を、雨や風にたとえた言葉。似た意味では平和な年月を意味する「尭年舜日」「尭天舜日」がある。

雨笠煙蓑　うりゅうえんさ

雨の中で働く漁師の姿を表した言葉。霧雨の中でぬれた笠と蓑の影が浮かぶ。海に生きる漁師たちには代々伝わるいくつかの天気観測法がある。長年の経験ならではの大切な知恵。

漁師たちの伝える天気予報

「近い山が遠くに見えるときは雨が降る」

湿度の関係。湿度の高い空気がくると、南からの前線が張り出し、これが冷たい空気に触れ、雨になる。

「上げ潮どきに降り出した雨はやまない」

雨は、引き潮どきに降り出すと間もなく止むが、満ち潮時に降り出すと一、二日続く。

「上下の雲が正反対に流れるときは風雨がある」

台風付近では、下層は中心に向かって反時計回りで風は吹き、上層では、その気流が中心から外に向かって時計回りで吹き出すため、下層と上層の流れが反対となる。

「秋の空は一日七度変わる」

秋の空は、晴れていたかと思うと、突然曇りだしたり、急に雨が降る。この変わりやすい天候を「女心と秋の空」ともたとえられている。

「突風は小潮回りに多い」

大潮どきは、雨の降る日が多いといわれているが、学問的な裏付けはなく、長年の経験で言い継がれている言葉。

蛟竜雲雨
こうりょううんう

雌伏していた英雄が機会をとらえて世に出ること。中国の想像上の生き物「蛟(みずち)」は、水中に潜んでいるが、雲や雨を得るとそれに乗って天に昇る。いつまでも留まっているものではないということ。「蛟竜雲雨を得」の略。

五風十雨
ごふうじゅうう

世の中が平和で穏やかな状態であることをいう。五日ごとに風が吹き、十日ごとに雨が降る、という意味から気候が順調で、農耕に適していることからきた言葉。「十風五雨」ともいう。

大旱慈雨
たいかんじう

苦しいときに救いが現れること、強く待ち望んでいた物事が実現することのたとえ。「大旱」は快晴が続いて、長い期間雨が降らないこと。「慈雨」は恵みの雨。日照りが続き、水不足のときに、雨が降ることを強く待ち望むということから。「旱天慈雨(かんてんじう)」ともいう。

時雨之化
じうのか

君子が民をよい方に向かわせる働きのこと。「時雨」は適切なときに適度に降る雨。適度な雨は草木の育成をよくすることから、君子の善政が民を潤すことの意。「化」は、人々を感化すること。

*桟雲峡雨日記（さんうんきょううにっき）

明治の漢学者・詩文家である竹添井井（せいせい）が外交官として北京滞在時代に蜀（四川省）の桟道をのぼり、三峡を下った百余日の旅の記録。

桟雲峡雨

さんうんきょうう

山中のかけ橋付近に漂う、雲と谷あいに降る雨のこと。「桟」は山の険しい場所にかけられている橋。「峡」は山と山とのはざまのこと。『桟雲峡雨日記*』の一説で「奇巌怪石は蟠（わだか）まった竜の如くであり、奔馬の如くであり、桟道が一すじその間に通じているのであって、ここを旅するのは、みな一幅の絵の中にあるようである」と記されるほど、山中に見た「桟雲峡雨」の景色は美しかったのだろう。

綢繆未雨

ちゅうびゅうみう

しっかり準備をし、災害が起こる前に被害を防ぐこと。雨が降る前に小鳥が巣の隙間をつくろい固めることから。「綢繆」は穴をふさぐこと。「未雨綢繆」ともいう。

雲行雨施

うんこううし

天が万物を潤し、恩恵を施すこと。また天下が太平なことをいう。雲が流れ動き、雨が降り、全てのものを潤すという意味。

風雨凄凄

ふううせいせい

風雨が激しく、酷く冷たく、寒いこと。また、乱世のことをいう。「風雨」は風と雨が激しいことから嵐のことをいい「凄凄」は冷たく寒い様子のことで、乱世のたとえとして用いる。

夜雨対牀

やうたいしょう

兄弟や友人関係がとても良好で仲の良いこと。「夜雨」は夜の雨。「対牀」は寝床を並べるという意味。夜に雨の音を聞きながら仲良く眠ること。類義語に「風雨対牀」がある。

風雨同舟

ふううどうしゅう

困難や苦労を共にすること。「風雨」は強い雨風のことで、困難のたとえ。「同舟」は同じ舟に乗ること。同じ舟に乗って激しい嵐を乗り越えるという意味。

傾盆大雨

けいぼんのたいう

激しく降る雨、豪雨のたとえ。「盆」は水や酒を入れるための平たい鉢形の瓦器をいう。鉢をひっくり返したように思えるほどの雨。

巫雲蜀雨　ふうんしょくう

遠く離れて暮らしている夫婦がお互いのことを思いやることのたとえ。「巫雲」は中国の巫山という山の雲。巫山は男女の親密な関係の象徴とされる。「蜀雨」は中国の蜀という国に降る雨。巫の雲と蜀の雨で遠く離れていることを表す。李賀の『琴曲歌辞』より。

満城風雨　まんじょうふうう

町全体に風雨が走ること。また事件などの噂が流れると、風雨に見舞われたように世間が騒ぎ出すことをいう。

苦雨凄風　くうせいふう

冷たく激しい風と、長く降り続く雨のこと。転じて悲惨な境遇のたとえにも使われる。「苦雨」は何日も降り続く雨。「凄風」は強くすさまじい風。「凄風苦雨」ともいう。

風餐雨臥　ふうさんうが

旅や野外の仕事の苦労、野宿のこと。風に吹かれて食事をし、雨にうたれながら寝るという意味。類義語に、露に濡れて寝ることを意味する「風餐(ふうさん)露宿(ろしゅく)」がある。

冒雨剪韭
ぼううせんきゅう

友人の来訪を手厚くもてなすこと。後漢の郭林宗は、訪ねてきた友人に、雨を厭(いと)わずニラを採ってもてなしたといわれる。故事『郭林宗別伝』の一文「雨を冒して韭(にら)を剪(き)る」より。

和風細雨
わふうさいう

「和風」は穏やかに吹く柔らかな風のこと。「細雨」はシトシトと降る細かい雨、霧雨のこと。人の過ちを指摘したり戒めたりするとき、穏やかな態度で臨むことを意味する。こうありたいもの。

霖雨蒼生
りんうそうせい

多くの人々に救いの手を差し伸べること。また、慈悲深い人のことをいう。「霖雨」は長く降り続く雨、三日以上続く恵みの雨から、恩恵のこと。「蒼生」は、多くの人々、人民、あおひとぐさという意味で、草が生い茂ることをたとえた言葉。

密雲不雨 みつうんふう

兆候はあるのに、なかなか事が起こらないことのたとえ。雨雲で覆われているにもかかわらず、まだ雨が降らない様子から。小説家、志賀直哉の『暗夜行路』に、「密雲不雨というう言葉があるが、そういう実にいやな気持ちがしている」という一説があるが、頭ではわかっているが、どうしようもできない嫌な気持ちを表現している。

硝煙弾雨 しょうえんだんう

戦闘が激しく繰り広げられる様子。「硝煙」は火薬の煙や発砲によって出る煙。「弾雨」は弾丸が雨のように飛ぶこと。「砲煙弾雨」ともいう。

弾丸雨注 だんがんうちゅう

弾丸が、激しく雨が降り注ぐように飛んでくること。

おわりに

雨に、出逢ってしまった。

普通の雨ではなく、土砂降りのため新幹線が止まってしまったのだ——。

世界がコロナ禍に巻き込まれ、電話とリモートでの打ち合わせから、

少し落ち着いた、初めての顔合わせの日だった。

見通しのつかないアナウンスが流れる中、必死に連絡を取った。

ようやく取れた連絡のやりとりの途中で、気がついたのは編集さんだった。

「ていうか……止まらせちゃいましたね、新幹線！　笑」

そう、本人は意外といわれるまで気がつかないことが多い。

そんなエピソードから始まったこの本も、ようやく終盤を迎えている……と、思う。

改めて、今まで出逢ってきたすべての方々に感謝しなければ、と思った。

世間を知らない私に、どれほどたくさんの物事を教えてくださっていたのか。

文章を書くときに、たくさんの出会いや不思議なご縁を思い出しながら、書いた。

そのときの会話や背景が鮮明に浮かんでくると、胸がいっぱいになった。

とうに亡くなった方もおられる。この方たちとの会話がなければ、

この本を書くことはできなかった。

自分の感じてきたことを文字にして、また発見する。

好奇心は無くしたくない。今までの多くの素敵なご縁は、仕事をきっかけに美味しいものが好き、お酒が好き、という「場」から生まれている。

初対面から、三回目くらいに「佐々木さんと会うときは雨ですね」と気づかれ、四回目くらいに「ご飯食べ、行きましょう」となる。

この時間が、公私混同でもなんでも「必要」だと私は信じている。

残念ながら、この本はコロナの影響でお会いする機会が少ないままに進んだ。

そんな中、私の雨女を見抜き、この機会を与えてくださった
編集の今井さんの直感、勇気と根気。

オッケーを出してくださった編集長の山田氏に、御礼と感謝しかない。

本当にありがとうございました。

そして、私の健康を気遣い、制作を支えてくれたスタッフの
渡邉さん、アリアネちゃん、ありがとう。

この本を通して、少しでもたくさんの「雨」を見て、たくさんの想像を巡らせる、そんな方でいっぱいになっていただけたら、とても嬉しく思います。

二〇二一年四月　佐々木まなび

索引

あ

い

う

参考文献

『雨の名前』小学館
『雨のことば辞典』講談社学術文庫
『妖怪萬画 絵師たちの競演』青幻舎
『画図百鬼夜行 全画集』角川ソフィア文庫
『世界大百科事典』平凡社
『大漢和辞典』大修館書店
『日本国語大辞典』小学館
『広辞苑』岩波書店
『雨』岡田武松 岩波書店
『大歳時記』集英社
『三省堂古語辞典』三省堂
『岩波古語辞典』岩波書店

佐々木まなび

雨柳デザイン事務所　代表
裏具　アートディレクター
HAURA Kyoto Japan　アートディレクター

「気配、闇、間」に魅かれ、それらを意識したデザインを追求。
茶道、美術館、劇場関係、装丁などのグラフィックデザイン、ブランディング
メーカー顧問、ショップの空間ディレクションやデザインを手がける。

一九八六年、デザイン事務所「bis」を開設。

二〇〇五年、株式会社グッドマンの取締役に就任。プロジェクトとして二〇〇六年から
京都宮川町にオリジナルの紙文具店「裏具」をはじめ「URAGU HATCH」「URAGNO」をオープン。

二〇二〇年、京都八坂通に初ユニットでのオリジナルテキスタイルショップ「HAURA Kyoto Japan」をオープン。

二〇二二年、株式会社グッドマンを辞任後、「雨柳デザイン事務所」を開設。

一九九七年から二十年間、書家、石川九楊に師事。
HAURA Kyoto Japan　Instagram　@hauraofficial_1101

雨を、読む。

2021年5月1日　初版第1刷発行
2023年6月1日　　　第4刷発行

著者　佐々木まなび
発行者　相澤正夫
発行所　芸術新聞社
〒101-0052
東京都千代田区神田小川町2-3-12 神田小川町ビル
TEL　03-5280-9081(販売課)
FAX　03-5280-9088
URL　http://www.gei-shin.co.jp

印刷・製本　シナノ印刷
デザイン　雨柳デザイン事務所 佐々木まなび
株式会社シェルパ 渡邉小葉
アリアネ・リマンジャヤ
写真提供　川勝幸(p19) / 秋尾沙戸子(プロフィール)
協力　裏具 / 湖里庵
編集　今井祐子

2021 Printed in Japan
ISBN978-4-87586-610-7 C0095